Frau Albert Grundy –

Beobachtungen in Philistia

Harold Frederic

Writat

Diese Ausgabe erschien im Jahr 2024

ISBN: 9789359944548

Herausgegeben von
Writat
E-Mail: info@writat.com

Das komfortable und wohlregulierte Paradoxon, über das sie den Vorsitz führt, in groben Zügen darlegen und seine geistige Erhebung zeigen

Ich nehme an, dass es über den Namen keinen Zweifel gibt. Sechzig Jahre lang sind wir diesem begnadeten Klatsch- und Tratscher Heine gefolgt und haben ihn Philistia genannt. Und doch könnte es, wenn man darüber nachdenkt, doch ein Fehler gewesen sein. Artemus Ward pflegte zu sagen, dass es ihm mit Mühe gelungen sei zu verstehen, wie es möglich sei, den Abstand zwischen den Sternen und sogar die Abmessungen und sozusagen die Kerzenstärke dieser Himmelskörper zu messen; Was ihn beschäftigte, war die Frage, wie Astronomen jemals ihre Namen herausgefunden hatten. Deshalb frage ich mich, ob Philister wirklich der richtige Name für das Land ist, in dem ihr gehorcht werden muss.

Wenn ja, dann handelt es sich nur um ein wenig mehr um die Region des mysteriösen Paradoxons und der trickreichen Metamorphose. Wir denken, dass es immer und von jeher Ihrer Herrschaft überlassen ist. Wir spüren in unseren Knochen, dass es eine Höhlenbewohnerin gab, Frau Grundy; wir stellen uns eine britische Matrone aus einer Zeitgenossenschaft mit dem Höhlenbären und dem Wollelefanten vor. Aber allein ihr Alter macht es nur noch rätselhafter.

Es gibt einen alten Herrn, der mir immer zu beweisen versucht, dass die Franzosen wirklich Deutsche sind, dass die Deutschen alle Slawen sind und dass die Russen ausschließlich Tataren sind: das heißt, wenn man die frühen Rassen wie sie zählt Als wir nach Westen schwärmten , übersprangen wir irgendwie einen und haben uns seitdem geirrt. Es muss eine solche Erklärung dafür geben, warum das von ihr beherrschte Gebiet Philistia genannt wurde.

Ich sage das, weil die alte Philistia ungeheuer männlich war. Es waren die Juden, die den weiblichen Ton anstimmten. Wenn sie einen Sieg errungen hatten, prahlten sie ohne Ende und nutzten ihn bis zur äußersten Grenze gnadenloser Grausamkeit aus; aber als sie an der Reihe waren, verprügelt zu werden , erfüllten sie den ganzen Himmel mit klagendem Geschrei . Wir haben keinen Hinweis darauf, dass die Philister es jemals versäumt hätten, ihre Medizin wie Männer einzunehmen.

Denken Sie an die großartigen späteren Philister, die Nordmänner. In all ihrer Kampfliteratur gibt es keinen Hinweis auf ein Jammern. Sie liebten es, um seiner selbst willen zu kämpfen; Abgesehen davon, dass sie ihren Feinden das Gehirn zerteilten, bewunderten sie es, selbst in Stücke gehauen zu werden. Sie gaben ihren Göttern nie die Schuld, wenn es ihnen am schlimmsten erging. Sie haben nie darauf bestanden, dass sie immer Recht hatten und ihre Feinde ausnahmslos Unrecht hatten. Das alles kümmerte sie nicht. Sie verlangten nur Spaß. Es waren ihre Opfer, die fränkischen und irischen Mönche, die Frauentränen vergossen und die Vorsehung anflehten, die Favoriten zu spielen .

Und hier liegt das Paradoxon. Die Kinder dieser Berserker-Lenden werden zu den Schergen von Frau Grundy. Durch irgendeine Magie hat sie die Ehrbarkeit in ihren Tempeln verankert. In einem Teil ihres Reiches lässt sie Herrn Helmer Tee trinken; in einem anderen Fall lässt sie alle die *Familie Buchholz lesen* ; In ihrer Wahlheimat auf der Insel trägt ihr Mann an den sonnigsten Sonntagen einen Regenschirm statt eines Spazierstocks. Stellen Sie sich den wilden Freudenrausch vor, mit dem die alten Philister ihr Gehöft überfallen, ihre Robert Elsmeres niedergehackt , ihre Horsleys aufgespießt und den Himmel mit den Flammen ihrer Doppelhaushälfte erleuchtet hätten! Dennoch nennen wir ihren Ort Philistia!

Ich kenne die Villa sehr gut. Es liegt ganz in der Nähe des South Kensington Museums. Auf den Torpfosten ist der Titel „Fernbank" aufgemalt. Wie geordnet und komfortabel bleibt das Leben jenseits dieser Posten! Hier gibt es morgens keine Kopfschmerzen. Hier bewegen sich weißbedeckte Diener mit gepflegter Wachsamkeit durch die Alleen der sanften Routine, ohne auf den Polizisten auf der rechten Seite oder den in feurigen Jacken gekleideten Thomas Atkins auf der linken Seite zu blicken. Hier kommt mein Freund Herr Albert Grundy ausnahmslos mit der U-Bahn zum Abendessen nach Hause. Hier führen seine drei Töchter – Mädchen vom Typ mit schmaler werdender Oberlippe, schärferem Kinn und längeren Glicdmaßen als früher – ein tief verwöhntes Dasein, spielen Tennis, lächeln Besuchern in errötetem Schweigen zu und ernähren sich zufrieden von Mudies Vorräten während ihre Mutter am Klavier das Netz der Ehe ausbreitet oder Inspektionsrundgänge zwischen ihren abgelegenen Fallstricken auf dem Rasen macht. Hier simpelt der harmlose Pfarrer; Hier beobachtet Onkel Dudley, der das Leben in Australien und im Fernen Westen gesehen hat, die Blumenzwiebeln und schneidet die Rosen, und ich glaube, er gähnt oft vor sich hin; hier verbreitet Lady Willoughby Wallabys Karte Raffinesse von der Spitze des Kartenkorbs im Flur.

In dieses glückliche Zuhause kam erst letzte Woche – oder war es eine Woche zuvor – ein Paket Bücher. Es gab vier vollständige Romane in zwölf Bänden – Früchte dieser durchdachten Vereinbarung, die der schönen Leserin in Philistia drei verschiedene Möglichkeiten gibt, zu entscheiden, ob sie die Geschichte durchlesen möchte oder nicht. Frau Albert ist eine vielbeschäftigte Frau, die mit vielfältigen Verantwortungen gegenüber Kirche und Staat, organisierten Wohltätigkeitsorganisationen, populärer Musik, Künstlerzünften und der Amalgamated Association of Clear Starchers belastet ist, ganz zu schweigen davon, dass sie stets ein wachsames Auge auf alles hat unverheiratete Männer: Aber sie findet immer noch Zeit, all diese Pakete mit neuen Büchern selbst zu öffnen. Bei dieser Gelegenheit schenkte sie ihrer Ältesten, Ermyntrude, den ersten Band eines Romans von Frau —— ————. Es spielt keine Rolle, was den jüngeren Amy und Floribel zufiel. Für sich selbst reservierte sie die drei Bände des neuesten Werkes von Herrn —— ————.

Sie sagt mir jetzt, dass Worte ihre Dankbarkeit dafür einfach *nicht ausdrücken* können . Es scheint, dass die Auswahl nicht ganz zufällig war. Der bezaubernde, zierliche Einband der Bände habe sie, wie sie zugibt, angezogen, sie sei aber auch von einem Instinkt, halb mütterlicher Voraussicht, halb literarischer Erinnerung, bewegt worden. Sie glaubte sich zu erinnern, den Namen dieses Schriftstellers schon einmal gesehen zu haben. Wo? Es sei ihr wie ein Blitz gekommen, sagt sie. Erst vor einiger Zeit hatte er einen Aufhänger mit dem Titel „ *Ein Haufen Patrizierdamen*" oder so etwas in der Art, den sie fast zu dem Entschluss fasste, die Mädchen überhaupt nicht lesen zu lassen, ihnen aber schließlich mit einigen Bedenken erlaubte, ihn hastig zu überfliegen. denn obwohl die Moral steinig war – vielleicht war das nicht ihr Wort –, war die Gesellschaft sehr gut. Aber dieses neue Buch von ihm hatte nicht einmal diese rettende Funktion. Anständige Personen wurden darin nur am Rande erwähnt. Eigentlich war es viel *zu* niedrig. Die Hauptfigur war ein Bauernmädchen, das größtenteils Magermilch erntete oder Steckrüben auf dem Feld schnitt und sich zu anderen Zeiten auf eine Art und Weise benahm, die geradezu nicht zur Rede stand. Frau Albert sagte mir, sie habe die Bände eingesperrt, nachdem sie sie nur teilweise durchgesehen hatte. Ich bin mir sicher, dass *ihre* Töchter sie nie zu Gesicht bekamen. Sie waren mit einem Zettel in die Bibliothek zurückgekehrt, in dem sie ihre Überraschung darüber zum Ausdruck brachten, dass solch unmoralische Bücher an irgendeine christliche Familie geschickt werden sollten. Was die Sache noch schlimmer machte, fuhr sie fort, sei, dass Ermyntrude in einer Zeitung im Haus eines Freundes las, dass dieser Mann, wer auch immer er sein mag, der größte englische Romanautor sei und dass dieses spezielle Buch von ihm ein tragisches Werk sei von der edelsten und höchsten Ordnung, die die Sprache würdigte. Sie war sich sicher, dass sie nicht wusste, wozu England kommen würde, wenn es Reportern erlaubt war, solche Dinge in die Zeitungen zu bringen. Zum Glück nahm sie nur *The Daily Tarradiddle* auf , auf das man sich bei fundierten Ansichten immer verlassen konnte und das diesem unaussprechlichen Buch genau die verächtliche kleine Beachtung verschaffte, die es verdiente.

Es war jedoch eine Erleichterung – und hier hellte sich die gute Matrone sichtlich auf – zu glauben, dass wirklich heilsame und verbessernde Romane noch produziert wurden. Da war dieser Roman von Frau —————. Hatte ich es gelesen? Oh,

Ich darf keine Zeit verlieren! Vielleicht war es nicht ganz so bezaubernd wie ihr erstes unsterbliches Werk, das fast, so könnte man sagen, eine neue Religion begründet hätte. Zwar arbeitete eines der Mädchen darin an Altartüchern für eine Kirche, und gelegentlich brachen die anderen Charaktere in religiöse Gespräche aus; aber es gab keine nennenswerten Geistlichen, und der Charme der kirchlichen Mystik des anderen fehlte. „Um ehrlich zu sein, waren der erste und der letzte Band etwas langsam. Aber oh! der schöne zweite Band! Ein junger Engländer und seine Schwester gehen nach Paris. Sie stolpern gleich zu Beginn in die entzückendste, malerischste und künstlerischste Kulisse. Stellen Sie sich vor: Henri Régnault wird persönlich vorgestellt und hält ausführliche Bemerkungen –"

„Ich habe neulich im Club einen alten Freund von Regnault getroffen", warf ich ein, „der sich bitter darüber beschwert hat. Er sagte, es sei eine unerträgliche Unverschämtheit, ihn überhaupt hereinzubringen, und noch schlimmer, ihn so viel Geschwätz reden zu lassen, wie es ihm in den Mund gelegt wird."

Frau Albert beschnüffelte diesen Clubfreund und fuhr fort. Der Paris-Teil des Buches kam ihr vor, als würde sie vor Leben nur so zittern. Es war Paris im wahrsten Sinne des Wortes – fröhlich, intellektuell, funkelnd und oh! so frei! Der junge Engländer gründete mit einer französischen Malerin sofort ein romantisches Etablissement im Herzen des Waldes von Fontainebleau. Seine Schwester wurde fast genauso schnell von einem älteren französischen Bildhauer verführt. Aber Sie haben nie aus den Augen verloren, dass der Autor damit eine wertvolle moralische Lektion erteilt hat. Tatsächlich wurde dieser ganze Teil des Buches „Sturm und Drang" genannt. Und dabei sah man auch, wie von Natur aus der Nationalcharakter des jungen Engländers dem des ihn umgebenden französischen Volkes überlegen war. Man *wusste*, *dass er* zu gegebener Zeit ein moralisches Erwachen erleben und nach England zurückkehren, heiraten, sich niederlassen und mit seinem Geschäft Geld verdienen würde. Daneben sahen Sie die völlige Hoffnungslosigkeit jeglicher spiritueller Erneuerung bei der französischen Malerin oder einem ihrer künstlerischen Werke. Und dies wurde mit so feiner Kunst gezeigt – es war ein so *perfektes* Bild des moralischen Kontrasts zwischen den beiden Nationen –, dass die Mädchen es sofort sahen.

„Dann die Mädchen", warf ich ein – „ das heißt, Sie haben *dieses* Buch nicht eingesperrt?"

Frau Albert hob ihre Augenbrauen.

"Wie meinen Sie?" Sie fragte. „Wissen Sie, wer der Autor ist? Die Idee! Die Zeitungen drucken ganze Kolumnen über *alles, was* sie schreibt. Jeden Tag sieht man vielleicht Absätze über die bloße Aussicht auf Bücher, mit denen sie noch nicht einmal begonnen hat. Ich vermute, dass solch eine unverhohlene Publizität für sie sehr beunruhigend sein muss, aber die Öffentlichkeit besteht einfach darauf. *Der Daily Tarradiddle* widmete diesem speziellen Buch einen ganzen Leitartikel. Ich versichere Ihnen, alle meine Freunde reden von nichts anderem – viele von ihnen auch von Menschen, denen man keinen literarischen Geschmack verdächtigen würde und die in der Regel *nie Romane lesen.* Aber sie betrachten *dies nicht* als einen Roman. Sie betrachten es – ich zitiere Lady Willoughby Wallabys genaue Worte – als eine Darlegung jener christlichen Prinzipien, die unser England zu dem machen, was es ist.“

Darstellung der ungünstigen Umstände, unter denen die richtige Geschichte in der falschen Gesellschaft entfaltet wurde

viel über die Art von „Taxiwitz" geschrieben worden, die einem Mann auf dem Heimweg vom Abendessen einfällt: die brillanten Ausfälle, die er hätte machen können, die klugen Erwiderungen, die so tapfer das Gleichgewicht des Lachens umgedreht hätten, wenn sie nur so gewesen wären Komm rechtzeitig. Bei der anderen Art sind wir weniger offen. Niemand beschäftigt sich mit der Art und Weise, wie wir unsere alten Witze zusammenstellen und unsere Epigramme arrangieren, während wir zum Haus des Festes fahren.

Zweifellos ist die Praxis, sich am Tisch zu unterhalten, aus der Mode gekommen. Die Dreiflaschenmänner nahmen es mit ins Grab, zusammen mit der Schnupftabakdose, dem Toupet, dem Federbett und anderen Annehmlichkeiten der Regentschaft. Meines Wissens gab es in London nie nur einen Imbiss, der sich Mühe gab, seine Gespräche vorzubereiten, jedes für seinen besonderen Anlass und sein Publikum, und er, der arme Mann, brach unter der Anstrengung zusammen und verschwand aus dem Blickfeld. Die anderen sind zu faul, zu gleichgültig, zu selbstsicher, um sich diese Mühe zu machen. Das alte höfische Verantwortungsgefühl gegenüber dem Gastgeber ist unter ihnen verschwunden. Aber nichtsdestotrotz stellt sich der am wenigsten pflichtbewusste und fleißige von ihnen Fragen, während die wirbelnden Gummireifen ihn weitertragen und der Taxispiegel ihm das Gesicht eines Mannes zeigt, dem die Leute zuhören sollten.

Die Frage, die ich mir stellte, als ich neulich Abend an den leuchtenden Schaufenstern der Old Brompton Road vorbeifuhr, war, ob den Grundys meine Geschichte von Nate Salsbury und dem Bürger von South Bend, Indiana, wahrscheinlich gefallen würde. Von der Entscheidung hing ein gutes Geschäft ab. Es war eine Geschichte, die meine Position in anderen gastfreundlichen Vierteln erheblich gefestigt hatte; es könnte *in Bezug* auf fast alles oder auch auf gar nichts gebracht werden ; Soweit ich weiß, war es noch nie in einer jener amerikanischen Comiczeitungen abgedruckt worden, die sowohl die Speisesäle von Mayfair als auch die Redaktionsbüros von Fleet Street mit solchem Humor versorgen , wie sie in ihren Besitz gelangen; und es hat mir Spaß gemacht, es zu erzählen. Andererseits waren die Grundys alte Freunde von mir, die nie ahnen würden, dass ihnen etwas entgangen wäre, wenn ich zum Thema South Bend Stillschweigen bewahren würde, und die mich weiterhin zum Abendessen einluden, ob ich neue Geschichten erzählte oder nicht; Darüber hinaus war ihre Haltung gegenüber neuen Witzen immer eine prekäre Größe, und ich hatte das unbehagliche Gefühl, dass ich nie wieder das gleiche Vertrauen in sie haben würde, wenn ich ihnen meine Geschichte erzählte und sie sozusagen scheiterte.

Als ich den Salon von Fernbank betrat, Mrs. Albert Grundy und Ermyntrude die Hand schüttelte und einen kleinen Blick in die Runde warf, während ich zum Kamin ging, war mir klar geworden, dass die Geschichte nicht erzählt werden durfte. Neben dem halben Dutzend der Familie, einschließlich des Pfarrers, gab es einen großen jungen Mann mit einem sehr hohen Kragen, den Schultern, die wie eine Rheinweinflasche nach unten fielen, und einem strengen Gesichtsausdruck. Onkel Dudley flüsterte mir, während wir unsere Hände über das Asbest hielten, zu, dass er ein Literat sei und der Sohn des alten Sir Watkyn Hump, der Direktor in einer von Alberts Firmen war. Die anderen Gäste waren eine beleibte und mütterliche Dame mit Mütze und violettem Lächeln sowie eine dunkelhäutige junge Frau mit einem schwarzen Samtband um den dünnen Hals und einem Ausdruck müder Gleichgültigkeit im Gesicht. Dieser Effekt völliger Langeweile ließ nicht merklich nach, als ich Miss Wallaby vorgestellt wurde.

Ich habe eine äußerst gelungene Reihe kleiner Sätze, mit denen ich einer jungen Dame mitteilen kann, dass die Ehre, sie zum Abendessen einzuladen, mir zugefallen ist – Sätze, die Bekenntnisse bewundernder Freude mit einer dankbaren Prise respektvoller Verspieltheit verbinden ; Sie brachten kein neues Licht in Miss Wallabys etwas verächtlichen *Zwicker*. Ich würde meine South Bend-Geschichte *an diesem* Abend entschieden nicht erzählen !

Aber trotzdem habe ich es getan. Was dazu geführt hat, weiß ich kaum. Ich erinnere mich, dass es zur Zeit des Schneehuhns war – oder war es ein Auerhuhn? –, und der junge Mr. Hump hatte sich über die große Freude geäußert, in England zu leben, wo man das ganze Jahr über köstliches Wild genießen könne, und nicht in einem Land wie Amerika , wo die Einwohner bekanntermaßen monatelang nichts als gebratenes Salzschweinefleisch zu essen hatten. Vielleicht hat es sich nicht gelohnt , aber ich wagte die korrigierende Bemerkung, dass es keine Jahreszeit gab, in der es in Amerika nicht auf achtzehn essbare Wildvogelarten kommen könnte, von denen England je gehört hat. Mr. Hump reckte sein Kinn über die Höhe seines Kragens und lächelte mit überlegener Ungläubigkeit. Die anderen sahen ernst aus. Mrs. Grundy flüsterte mir über ihre linke Schulter warnend zu, dass Mr. Hump Amerika zu seinem Spezialthema gemacht habe und fast jede Woche äußerst lebhafte und kommentierende Artikel darüber schrieb. Mir war schmerzlich bewusst, dass Miss Wallabys kalte rechte Schulter noch weiter von mir zurückgezogen worden war.

Nun, es war in diesem grotesk ungünstigen Moment, als ich meine Geschichte erzählte. Es ist jetzt leicht zu erkennen, dass es pure Torheit, Wahnsinn, wenn man so will, war, dies zu tun. Das wurde mir nur allzu bitter bewusst, als ich in meinem Taxi auf dem Heimweg die Ereignisse des Abends Revue passieren ließ. Es ging *um* nichts unter dem weiten Himmel. Aber im Moment hoffte ich wohl, dass es die Situation entspannen würde. In gewisser Hinsicht war es so.

Kurz zusammengefasst ist dies die Geschichte. Vor Jahren war der bewundernswerte Nate Salsbury mit seiner klugen kleinen Truppe von Komikern auf einer „One-Night-Stand"-Tournee durch die am wenigsten städtischen Bezirke von Indiana und stieß auf South Bend, ein wichtiges Zentrum der Wagenbauindustrie. ist aber nicht gerade ein Brennpunkt dramatischer Traditionen und Kultur.

Im Vorraum des kleinen Theaters lief an diesem Abend ein großer Bürger mittleren Alters mit schwächlichem Rücken auf und ab, die Hände tief in den Taschen vergraben, Zweifel und Unentschlossenheit standen ihm im Gesicht geschrieben. Während andere ihr Geld bezahlten und eintraten, beobachtete er sie mit offensichtlicher Sehnsucht; Dann ging er noch einmal hin und studierte die attraktive farbige Rechnung der Gesellschaft mit ihrer Schar hübscher Mädchen in Röcken, die gerade kurz genug waren, um die verlockendsten kleinen Knöchel freizulegen; dann setzte er seinen verwirrten Hin- und Hergang noch einmal fort . Endlich fasste er seinen Entschluss und trat vorsichtig an Salsbury heran . „Herr", sagte er, „sind Sie der Chef dieser Show?" "Was kann ich für Dich tun?" fragte Nate. „Nun – das soll nichts für ungut sein – aber – kann ich – das heißt – wird es in Ordnung sein, eine Dame zu Ihrer Show mitzubringen?" „Das, Sir, kommt darauf an!" antwortete der Manager entschieden. „Nun", fuhr der Bürger fort, „worüber ich nachgedacht habe , ist folgendes: Kann ich ganz sicher *meine Frau hierher* bringen ?"

hier reinkommt, muss sie sich benehmen!"

Als ich diese Geschichte erzählt hatte, ertönte ein einzelner Lachton in der Luft, und in diesem Moment bemerkte Onkel Dudley, dass er einen Fehler gemacht hatte, ließ seine Serviette fallen und kam mit rotem Gesicht und stumm vom Angeln auf dem Boden wieder hoch . Alles andere war tödliche Stille.

„Ich – ich nehme an, sie waren wirklich überhaupt nicht verheiratet?" sagte der Pfarrer nach einer erschreckenden Pause.

„Ich muss leider sagen, dass die Ehe in den meisten Teilen Amerikas so gut wie nichts bedeutet", bemerkte Herr Hump richterlich. „Die heiligsten Bindungen werden dort regelmäßig zum Gegenstand anzüglicher Scherze gemacht. Eine Person, die vor einigen Jahren fast drei Wochen in den Vereinigten Staaten verbrachte, versicherte mir, dass es eine äußerst seltene Erfahrung sei, einen erwachsenen Amerikaner zu treffen, der nicht mindestens einmal geschieden wurde. Diese Tatsache machte mir damals einen lebhaften Eindruck, und ich – ähm! – habe seitdem häufig darüber geschrieben."

„Ich nehme an, das Problem liegt daran, dass sie alle in Hotels leben und überhaupt kein Zuhause haben", sagte Frau Albert mit einer freundlichen Miene, als käme sie mir zu Hilfe.

„Wer zum Teufel hat dir das gesagt?" Ich begann, wurde aber abgebrochen.

„Ich gestehe", unterbrach Miss Wallaby mit frostiger Deutlichkeit in Tonfall und Aussprache, „dass die Annahme, auf der der gerade erzählte Vorfall beruht – die Annahme, dass die erwähnte La-Frau sich wahrscheinlich an einem öffentlichen Ort schlecht benehmen würde." – scheint mir verblüffend charakteristisch für das Land zu sein, von dem es erzählt wird. Es wurde mit Recht gesagt, dass der wertvollste Beweis für den tatsächlichen Wert eines Landes, im Gegensatz zu seinem angenommenen Wert, der Respekt ist, den es seinen Frauen entgegenbringt. Sowohl in Cheltenham als auch in Newnham wird ständig die Idee eingeschärft – ich könnte sagen, sie wird als überaus wichtig erachtet –, dass die wahre Zivilisation der Nation nicht nur auf dem Maß ritterlicher Ehrerbietung beruht, sondern auch auf der Wertschätzung und dem Vertrauen, die mein Geschlecht durch seine Hingabe erfährt Die Pflichtbewusstsein und ihr intellektuelles Mitgefühl für weitreichende Ziele und hohe Absichten sind in der Lage, zu inspirieren und zu befehlen."

„Aber ich versichere Ihnen", protestierte ich schwach, „die Geschichte, die ich erzählt habe, war ein Witz."

„Es gibt einige Themen", unterbrach Lady Willoughby Wallaby, deren starres Lächeln mit einem wütenden, winterlichen Sonnenuntergangsglühen auf ihrem entzündeten Gesicht aufleuchtete – „ es gibt einige Themen, über die man am besten keine Witze macht." Während sie sprach, wedelte sie mit dem behandschuhten Daumen zu ihrer Gastgeberin, und im selben Moment standen die Damen auf. Mr. Hump eilte herum, um die Tür offen zu halten, während sie hinausgingen, die Köpfe hoch in die Luft gereckt und ihre Röcke empört über die Schwelle raschelnd. Dann folgte er ihnen und schloss die Tür mit Entschlossenheit hinter sich.

„Gad, Albert", sagte Onkel Dudley und griff nach dem Portwein, „ich wundere mich nicht, dass die Auswahl unserer jungen Leute sich darauf einlässt , amerikanische Mädchen zu heiraten."

„Gib es weiter!" bemerkte der Vater der drei Töchter von Frau Albert mit einer Stimme bestätigter Niedergeschlagenheit.

Kommentierung diverser Berührungspunkte zwischen der Dame und der zeitgenössischen Kunst

Szene: *Direkt hinter der Tür eines Studios.*

Uhrzeit: *Letzter Sonntag im März, 17 Uhr*

1. Bürgerin . O, *vielen* Dank !

2. tun. *Schön* , dass du gekommen bist!

1. tun. Ich liebe Kunst *so sehr!*

2. tun. Schön , dass Sie das sagen!

1. tun. *Vielen* Dank, dass Sie uns gefragt haben!

2. tun. Begeistert, da bin ich mir sicher! Danke *fürs* Kommen!

1. Bürgerin . Gar nicht! Danke für – dass du mir für – Nun *ja – auf Wiedersehen gedankt hast* . (*Beenden – mit Familiengruppe* .)

Ehemann der 2. Bürgerin (*mit Trübsinn*). Und wer könnten *diese* dankbaren Grenzgänger sein?

2. Bürgerin (*müde*). O, frag mich nicht *!* Ich weiß nicht! Von der Addison Road aus, denke ich.

1. Bürgerin (*außen*). Also! Wenn *das* Ding in die Akademie kommt!

Familiengruppe. Ist Ihnen die lächerliche Art und Weise aufgefallen, wie ihre Haare frisiert waren? Haben Sie jemals in Ihrem Leben einen solchen Tee probiert? Wie gelb Mrs. General Wragg bei Tageslicht aussieht. Ja – da ist unser Vierrad. (*Alles abwarten.*)

Das Obige ist nicht für die Präsentation auf irgendeiner Bühne gedacht – nicht einmal auf der des Independent Theatre. Es wurde lediglich der Einfachheit halber in die dramatische Form gegossen. Es verkörpert das, woran ich mich hauptsächlich an Picture Sunday erinnere.

Es ist zu meiner jährlichen Pflicht geworden – einer besonders zähen, um nicht zu sagen waghalsigen – jährlichen Pflicht, Frau Albert Grundy und ihre Gruppe am früheren der beiden Show-Sabbate durch Teile von Chelsea und Brompton zu begleiten. Ich bin in diese Funktion hineingeraten, weil ich einst mit einem jungen Maler, dessen Kollegen immer dann kamen, um Gulden von ihm zu leihen, wenn eines seiner Bilder aus einem Schaufenster verschwand, den Dachboden geteilt hatte, und so ganz nebenbei meine Bekanntschaft gemacht habe. Mein heutiger Anspruch auf ihre Erinnerung ist wirklich sehr gering. Ich kenne sie gerade gut genug, um den letzten

Sonntag im März zu bewältigen: Selbst das wäre vielleicht unangenehm, wenn sie nicht so gutmütige Kerle wären.

Aber es wäre schwierig, Frau Albert davon zu überzeugen. Diese gute Dame pflegt mich, wenn sie in spielerisch-gutmütiger Stimmung ist, als ihr Bindeglied zu Böhmen zu bezeichnen. Sie wäre wahrscheinlich verwirrt, wenn sie ihre Bedeutung erklären würde; Das sollte ich auf jeden Fall tun. Aber wenn ihr eidesstattliche Erklärungen vorgelegt würden, die die ganze Wahrheit darlegen – nämlich, dass mein gesamtes Einkommen aus einer geerbten Teilbeteiligung an einer Kunsteismaschine stammt; dass es im Vorstand meines einzigen Clubs zwei Geistliche gibt; dass ich schuldenfrei bin; und dass ich mit meiner Schwester Duette auf dem Klavier spiele – würde sie dennoch an der Überzeugung festhalten, dass ich ein junger Mann mit einer äußerst schwulen, verwegenen Seite bin, der spannende Enthüllungen über Böhmen machen könnte, wenn ich wollte. Natürlich werde ich nie zu diesem Thema befragt; Aber ich kann sehen, dass es ein Punkt ist, auf dem der Glaube von Fernbank fest verankert ist. Wenn wir allein sind, verläuft Mrs. Alberts Gespräch oft auf sehr dünnem Eis, als wolle sie mir nur zeigen, dass *sie* es weiß. Mehr als einmal habe ich Ermyntrude dabei ertappt, wie sie mich verstohlen ansah, so wie der wehmütige Hirtenjunge auf den Ebenen von Dura auf den fernen Dunst blickte, der über dem kühnen, unaussprechlichen Babylon hing. Ich besuche das Haus selten, aber Onkel Dudley zwinkert mir zu. Allerdings wurde ich nie nach den schrecklichen Dingen gefragt, mit denen ich angeblich intim verbunden bin.

Lange Zeit, am Sonntag, schien es, als hätte die Vorsehung eine einfache Flucht für mich arrangiert. Um zwei Uhr, die für unseren Kreuzzug bestimmte Stunde, hing dichter Nebel über allem. Als man aus den Fenstern des Wohnzimmers blickte, waren nur die nächsten der sorgfältig geschnittenen Tannen auf dem Rasen zu erkennen. Die Straße dahinter war völlige Schwärze.

Um drei Uhr nahmen die Damen ihre Hauben ab. Es war wirklich schade. Onkel Dudley, der von seinem Nickerchen in der Bibliothek hereinkam, schlug vor, dass wir mit einer Laterne einige der näher gelegenen Ateliers besuchen könnten: „nicht unbedingt zur Veröffentlichung, aber als Garantie für Treu und Glauben." Frau Albert warf ihm einen Blick tränenreichen Ärgers zu, woraufhin er floh.

„Da ist dieser Trost", bemerkte sie plötzlich und hielt mich mit unerschütterlichem Blick fest: „Wenn wir heute von unserer Expedition abgehalten werden, ist das ein umso wichtigerer Grund, warum Sie uns am nächsten Sonntag – *dem* Sonntag – mitnehmen sollten. Sie haben oft davon gesprochen, dass wir die Akademiker zu Hause sehen sollen – aber das haben wir noch nie erlebt."

„Ich erinnere mich, dass darüber gesprochen wurde", sagte ich; „Aber kaum, dass das Gespräch mir gehörte. Die Wahrheit ist, dass ich keinen einzigen Akademiker kenne, nicht einmal vom Sehen."

Es war klar, dass sie mir nicht glaubten. Frau Albert fuhr fort: „Lady Wallaby brachte erst gestern Abend ihre Überraschung zum Ausdruck, dass wir uns bereit erklärten, unter den Außenseitern umherzugehen. Das tun sie und ihre Tochter *nie* ."

„Außenseiter!" Ich war versucht zu sagen. „Na, sie können der Akademie den Kopf abmalen!"

Miss Timby-Hucks lächelte geradezu. „Du sagst so komische Dinge!" bemerkte sie etwas undeutlich. „Mama erklärt immer, dass du sie an das *Sydney Bulletin* erinnerst ."

„Wen *gehst* du am Sonntag zur Academy Show mit ? – oder vielleicht sollte ich nicht fragen", kam von Ermyntrude.

„Nein, wir haben kein Recht, Nachforschungen anzustellen", sagte Frau Albert; und ich wandte mich noch einmal dem Fenster und dem umhüllten Rasen zu.

Plötzlich lichtete sich der Nebel. Die Motorhauben wurden erneut produziert. Es blieben uns noch fast drei Stunden Tageslicht. Die Nachricht, dass das Pferd zu lahm sei, um es herauszubringen, erschütterte Mrs. Albert nur für einen kurzen Moment. In Gilead gab es immer noch Vierräder. Außerdem würde der Fahrer, wenn er nüchtern wäre, die Straßen viel besser kennen als ihr dummer Kutscher. Das wäre von Vorteil, da die Zeit so begrenzt ist. „Wir müssten einfach reinlaufen, „Wie geht's?" sagen, uns kurz umschauen und wieder raushuschen, sagte Frau Albert. Wenn wir uns strikt an diese Regel hielten, schätzte sie, dass wir sechzehn oder siebzehn Studios schaffen könnten.

Der Himmel allein weiß, wie viele wir „getan" haben. Ich habe auch keine klare Erinnerung an das, was wir gesehen haben. Mir bleibt eine verwirrende Vorstellung von langen Fluren voller Rahmen und Packkisten; Mehr oder weniger einen halben Hektar bemalte Leinwand, aus der sich nur hier und da ein paar leuchtende Augen, ein leuchtendes Mohnfeld oder der Glanz eines Satinkleides unzusammenhängend in der Erinnerung festhielten; Horden über Horden großer junger Frauen, die sich Tee und Kuchen gönnten; und immer die jämmerliche Gestalt der todmüden Frau oder Schwester des Künstlers, die mit einem müden Lächeln auf den Lippen an der Tür steht, und die höfliche Lüge: „Schön, dass du gekommen bist!" auf ihrer Zunge.

Ich fragte mich, ich erinnere mich, ob sie sich nie vergaß und stattdessen sagte: „So nett von dir, dass du gehst!" Aber unter Mrs. Alberts System gab es keine Zeit zum Abwarten.

Einmal haben wir tatsächlich bei unserer Aufgabe gezögert. Frau Albert traf eine ihr bekannte Dame aus Wormwood Scrubs, die indiskret genug war, zu erwähnen, dass sie gebeten worden war, hier zum Abendessen einzukehren. Die Nachricht verbreitete sich wie durch Zauberei im Unterrock meiner Gruppe. Miss Timby-Hucks kam herüber und fragte mich so hörbar, dass der Künstler-Moderator erröten und sich abwenden musste, ob ich nicht glaube, dass es ein köstlich romantisches Erlebnis wäre, in einem dieser hohen Studios bei eingeschaltetem Gaslicht zu Abend zu essen die Rüstung und die großen, feierlich stillen Bilder, die beim Essen auf uns herabblickten. Frau Albert verweilte einige Zeit und betrachtete das Werk dieses Künstlers mit schiefgelegtem Kopf und Augen voller verzückter, verträumter Freude – aber es kam nichts dabei heraus.

Nachdem wir wieder eine Stunde oder länger in Fernbank verbracht hatten – unsere eigene kalte Mahlzeit war fast vorüber –, fiel Mrs. Albert etwas ein. Mit einer genervten Geste legte sie ihre Gabel nieder. „Es ist mir gerade eingefallen", sagte sie; „Wir waren nie bei diesem Mr. Whistler, dessen Bilder in der Bond Street ausgestellt sind. Alle reden über ihn und ich wollte sein Studio nicht verpassen."

„Ich glaube nicht, dass er sonntags eine Show hat", sagte ich. „Ich habe noch nie davon gehört, falls er es getan hat."

„O nein, erst in den letzten paar Wochen hat jemand von ihm gehört."

Frau Albert antwortete. „Ich habe erst neulich die erste Ankündigung über seine wunderschönen Bilder in *The Daily Tarradiddle gelesen.* "

„Pfeifer? Whistler?" Setzen Sie Onkel Dudley ein. "Aber sicher *er ist* nicht neu. Warum – ich erinnere mich – er vor Jahren in einen Rechtsstreit verwickelt war, nicht wahr?"

„O nein, Dudley", antwortete Frau Albert; „Ich hatte den gleichen Eindruck, bis Lady Wallaby mich berichtigte. Es scheint, dass das ein ganz anderer Mann war – irgendein ausländischer Abenteurer, der vorgab, malen zu können und sich den Leuten aufdrängte – erinnern Sie sich nicht daran, wie *The Tarradiddle ihn* bloßstellte ? – und Mr. Burnt-Jones ließ ihn verhaften, oder so – Oh, ganz schön eine schreckliche Person. Aber *dieses* Herr Whistler ist ein Engländer. Ich habe in *den Illustrated London News gelesen* , dass er moderne britische Kunst vertrat. Das allein würde deutlich machen, dass es sich um einen anderen Mann handelte. Ich wollte ihn unbedingt sehen! Lady-Wallaby erzählt mir, dass sie gehört hat, dass er in seinen Gesprächen äußerst amüsant ist – und auch recht vorzeigbare Manieren hat."

„Warum lädst du ihn nicht zum Abendessen ein?“ sagte Herr Albert Grundy. „Wenn er amüsant ist, dann ist es mehr als die meisten Männer, die man zusammentrommelt.“

„Sie scheinen zu glauben, dass *man jeden* zum Abendessen einladen kann, Albert“, antwortete die Dame des Hauses. „Künstler essen nicht zu Abend – es sei denn, sie sind in der Akademie. Tee, ja – oder vielleicht Abendessen; Aber man bittet die Leute nicht, sie beim Abendessen zu treffen. Es ist wie bei Schauspielern – und – und Unteroffizieren.“

Bereitstellung eines neuartigen und gedämpften wissenschaftlichen Lichts, durch das verschiedene ehrwürdige Probleme neu beobachtet werden können

„Ich bin der Meinung", sagte Onkel Dudley, streckte seine Pantoffeln aus und steckte die Daumen in die Armlöcher seiner Weste , „ ich bin der Meinung, dass Frauen anders sind als Männer."

„Mehrere Kommentatoren haben diese Ansicht vertreten", antwortete ich. „Zum Beispiel wurde festgestellt, dass das sanfte Geschlecht eine schlammige Straße auf den Fersen überquert , während wir auf den Zehenspitzen hüpfen."

„Das ist interessant, wenn es wahr ist", antwortete Onkel Dudley. „Was ich meine, ist, dass dieses ganze Gerede über die Menschheit Humbug ist. Es gibt *zwei* menschliche Rassen! Und alle paar Minuten werden sie auch immer weiter auseinander!"

„Haben Sie das jemandem gegenüber erwähnt?" Ich fragte.

Onkel Dudley entwickelte sein Thema weiter. „Ich vermute, dass dieser Unterschied Millionen von Jahren nach der erneuten Geschlechtertrennung zu gering war, um überhaupt bemerkt zu werden. Der Höhlenmensch zum Beispiel – der Kerl, der mit einem an der Spitze einer Ulmenkeule festgebundenen Ziegelstein auf der Jagd nach dem Ichthyosaurus war und den ganzen Winter unter der Erde damit verbrachte, die alten Knochen auszusaugen und sie dann zu Runenknöpfen für South Kensington zu schnitzen Museum: Ich nehme an, dass ihn beispielsweise seine Frau und seine Schwägerin nicht als besonders anders empfanden als er selbst – außer natürlich, dass sie nur einfache Knochen, Knorpel und so weiter zu essen bekamen , wohingegen all das Mark und die allgemeine Geschmeidigkeit in Sachen Fleisch seinen Weg gingen. *Sie* können sich nicht vorstellen, *dass er* sich sagt: „Diese weiblichen Menschen hier gehören überhaupt nicht zu meiner Rasse, sie gehören einer anderen Spezies an." Sie sind in Wirklichkeit ebenso meine natürlichen Feinde wie dieser langzehige, rothaarige, brachyzephale Landstreicher, der im Eukalyptusbaum unten am Sumpf lebt und beleidigende Gesten macht, während ich auf meinem zahmen *Ursus spelous vorbeireite* – jetzt, kann Du?"

Ich schüttelte ehrlich gesagt den Kopf. „Nein, das kann ich mir anscheinend nicht vorstellen. Es wäre fast so schwer, ohne weiteres zu erraten, wo, wann und wie Sie sich diesen bemerkenswerten wissenschaftlichen Krampf zugezogen haben."

Onkel Dudley lächelte. Er stand auf und ging mit gemächlicher Leichtigkeit vor dem Kaminsims auf und ab, die Handflächen immer noch wie kleine, falsch platzierte Flügel vor den Achseln ausgebreitet. Er lächelte wieder. Dann blieb er auf dem Kaminvorleger stehen und blickte freundlich auf mich herab.

„Nun – was meinst du ? Da ist was drin, oder?"

„Mein lieber Freund", begann ich, „was mich verwirrt, ist –"

„Oh, ich will nicht sagen, dass ich alles geklärt habe", warf Onkel Dudley beruhigend ein. „Aber ich bin selbst hin und wieder verwirrt. Aber ich bin auf dem richtigen Weg, mein Junge; und, wie man in Adelaide sagt, ich werde daran hängen wie ein Welpe an der Wurzel."

„Wie lange bist du schon so?" fragte ich mit einem Anflug von Mitgefühl.

Onkel Dudley antwortete mit leuchtenden Augen. „Wenn Sie mir glauben, kommt es mir jetzt so vor, als hätte ich die Keime dieser Idee schon im Kopf gehabt, seit ich nach England zurückkam und hier in Fernbank zu leben begann. Aber die Sache dämmerte mir – das heißt, sie nahm in meinem Kopf Gestalt an – vor weniger als zwei Wochen. Es kam alles dadurch zustande, dass ich eines Abends hier oben war und nichts zu lesen hatte, mein Zeh schlimmer als sonst war und Mrs. Albert während des gesamten Abendessens verstimmt war. Irgendwie hatte ich auf einmal das Gefühl, dass ich wissenschaftliche Arbeiten lesen durfte. Ich konnte nicht widerstehen. Ich war wie Jeanne d'Arc, als die Kühe und Schafe Partner für eine Quadrille nahmen. Ich hörte Stimmen – Darwins und – und – Benjamin Franklins – und – viele andere. Ich humpelte die Treppe hinunter zur Bibliothek und holte einen ganzen Arm voll Bücher mit, die Mrs. Albert gekauft hatte, als sie erwartete, dass Lady Wallaby ihr eine Einladung zum Besuch der Honour verschaffen könnte. Biologische Gespräche von Frau Coon-Alwyn. Schau da! Was sagen Sie dazu zu zehn Tagen Arbeit? Und musste noch dazu jedes Blatt abschneiden!"

Mit Respekt blickte ich auf die beträchtliche Reihe von Büchern, auf die er hinwies: Bücher, die größtenteils im Scharlachrot der International Series oder im Kastanienbraun der Contemporary Science gebunden waren, aber auch braune Einbände und sogar grüne „Sport"-Varianten enthielten.

„Na ja, und worum geht es?" Ich fragte. „Warum hast du diese Dinge gelesen? Warum nicht die Berichte der Commission on Agricultural Depression oder die Gedichte von Lewis Morris oder sogar –" aber meine Vorstellungskraft geriet ins Stocken und brach zusammen.

„Es war Instinkt, mein Junge", erwiderte Onkel Dudley mit beeindruckender Zuversicht. „Seitdem ich in diesem Haus lebte, wuchs und schwoll ein

Gedanke – eine großartige Idee – in meinem Kopf an. Aber ich konnte nicht sagen, was es war. Man könnte sagen, es war in einen Kokon eingewickelt, wie die Larven der Schmetterlinge – ähm! – und es brauchte etwas, um es herauszuholen."

„Als ich das letzte Mal hier war, haben Sie Hollands mit Chininbitter probiert", bemerkte ich beiläufig.

„Mach dir nichts vor!" Onkel Dudley ermahnte mich. „Das ist mein Ernst. Wie gesagt, es war reiner Instinkt, der mich zu diesen Büchern geführt hat. Sie haben alles klar gemacht. Ich wollte nur ihre Hilfe, um die Hülle von meiner Entdeckung zu entfernen, sie auf meinen Rücken zu heben, wir waren es , und sie hier ans Tageslicht zu bringen. Und jetzt wissen Sie, was ich meine, wenn ich sage: Frauen sind anders als Männer."

„Das ist also die Entdeckung?" Ich habe nachgefragt.

Onkel Dudley nickte mehrmals. Dann fuhr er mit betonter Langsamkeit fort: „Ich lebe jetzt seit vier Jahren hier, sehe jeden Tag meine Schwägerin, sehe zu, wie Ermyntrude zur Frau heranwächst, und die kleinen Mädchen, die hinter ihr herlaufen, und treffe die Freundinnen, die …" Kommen Sie hierher, um sie zu sehen – und, Sir, ich sage Ihnen, sie haben nicht nur ein anderes Geschlecht: Sie sind ein völlig anderes Tier! Glauben Sie mir, sie sind eine eigene Spezies."

„Miss Timby-Hucks ist sicherlich sehr allein", bemerkte ich.

Mein Freund lächelte. „Und auch nicht ganz ihre eigene Schuld", bemerkte er. „Aber wenn man von der Wissenschaft spricht, ist es bemerkenswert, wie, wenn man erst einmal eine große, zentrale und wichtige Tatsache fest im Griff hat, all die kleinen Fakten von selbst hinzukommen, um sie zu untermauern. Nun, da ist dieser junge Einfaltspinsel, den Sie vor einiger Zeit hier beim Abendessen getroffen haben: Ich meine Eustace Hump. Wussten Sie, dass sowohl Ermyntrude als auch die Timby-Hucks und sogar Miss Wallaby denken, dass dieser Kerl ein perfektes Ideal männlicher Witze und Schönheit ist? Sie und ich würden zögern, ihn zum Waten einer Pferdepistole zu benutzen: aber es gibt keines dieser Mädchen, das nicht vor Freude hüpfen würde, wenn er anfangen würde, ihr einen Heiratsantrag zu machen; Und was ihre Mütter betrifft, die alten Damen beobachten ihn, wie ein Eisvogel eine Kaulquappe beäugt."

„Deine Gleichnisse sind aufregend", sagte ich; „Aber was zeigen sie?"

„Mein lieber Freund, die Wissenschaft kann alles zeigen. Ich habe es noch nicht ganz durchgelesen, aber ich sage euch, es ist wunderbar! Nehmen Sie zum Beispiel das" – er griff nach einem grünen Buch auf dem Kaminsims und drehte die Blätter um – „Jetzt hören Sie sich das an." Das Buch wurde von einem Mann namens Wallace geschrieben – ein netter, schlau aussehender alter Mann, wie Sie auf dem Foto sehen können – und auf Seite 285 sagt er: „Einige Pfauenhühner bevorzugten einen alten gescheckten Pfau; eine Kanadagans gepaart mit einem Bernicle- Gänserich; eine männliche Pfeifente wurde von einer Spießente ihrer eigenen Art vorgezogen; Ein Kanarienvogel bevorzugte einen männlichen Grünfink gegenüber Hänfling, Stieglitz, Zeisig oder Buchfink. Sehen Sie das? Als ich das zum ersten Mal sah, sagte ich mir: „Jetzt verstehe ich die Mädchen und Eustace Hump.“ Ist es dir nicht klar?“

„Absolut“, stimmte ich zu. „Sie sollten im Royal Aquarium eine Zeitung lesen – vor der Balloon Society, meine ich.“

„Und dann schauen Sie sich das an“, fuhr Onkel Dudley lebhaft fort. „Nun würden Sie und ich uns fragen, was um alles in der Welt ein so schlaksiger, dürftiger, dämlicher Junge wie dieser sich überhaupt unter Frauen treiben wollte. Aber wenn man die Seite umblättert, hat man es: „Ziegensauger, Gänse, Aasgeier und viele andere Vögel mit schlichtem Gefieder wurden dabei beobachtet, wie sie tanzten, ihre Flügel oder Schwänze ausbreiteten und seltsame Liebespossen vollführten.“ Befestigt das Hump nicht wie einen Käfer an einer Stecknadel an der Wand, oder?“

„Aber ich bin mir nicht sicher, ob ich der Anwendung Ihres ursprünglichen Punktes vollständig folgen kann“, schlug ich vor.

„Über Frauen, meinst du? Mein Junge, in der Wissenschaft gilt alles. Der Wald ist voller Anwendungen. Aber im Ernst, Frauen *sind* anders. Wie gesagt, in der Barbarei im Jenseits begann diese Divergenz. Mit dem Beginn dessen, was wir Zivilisation nennen , wurde es immer ausgeprägter. Der Fortschritt der Trennung erhöht sich heutzutage um die Quadratwurzel – oder wie auch immer man es nennt. Die Geschlechter sind heute weiter auseinander als je zuvor. Sie mögen sich weniger; sie streiten sich mehr. Das sieht man an den Scheidungsgerichten, am geringeren Anteil früher Ehen, an den zunehmenden Beweisen häuslicher Unglücklichkeit rund um eins.“

Ich konnte nicht anders, als die Befürchtung zum Ausdruck zu bringen, dass dies alles ein schlechtes Zeichen für den Fortbestand der Menschheit sei.

Onkel Dudley ist ein unbeschwerter Mann. Die Befürchtungen, die ich geäußert hatte, ließen ihn nicht deprimieren. Stattdessen summte er angenehm vor sich hin, während er Wallace wieder auf das Regal stellte. Er fing an zu kichern, als er einen Moment später daran dachte, unsere Gläser noch einmal aufzufüllen.

„Habe ich dir jemals meine Katzengeschichte erzählt?“ fragte er fröhlich und prüfte den Knopf, um zu sehen, dass die Tür geschlossen war. „Einmal kam ein kleiner Junge zu seinem Vater und sagte: ‚Pa, wir wollen uns nicht mehr mit diesen Katzen herumärgern, die nachts auf unserem Dach herumheulen.' Ich habe gerade aus dem oberen Fenster geschaut, und da draußen kämpfen und schreien sie alle und reißen sich gegenseitig in Stücke. Bis zum nächsten Morgen wird keiner von ihnen mehr am Leben sein!' Dann antwortete der Vater: „Mein Sohn, du stellst dir etwas Vergebliches vor." Wenn Ihr Geist mit zunehmenden Jahren einen umfangreicheren Wissensschatz hat, werden Sie die Tatsache begreifen, dass all dieser Aufruhr und diese schreckliche Unruhe, von der Sie mir berichten, nur mehr Katzen bedeuten."'

Zu diesem Zeitpunkt kam der Diener mit dem Sodawasser herein. An diesem Abend sprachen wir nicht mehr über Wissenschaft.

Berühren der experimentellen Transplantation eines utilitaristischen Geistes auf den ästhetischen Instinkt unserer Schwestern

Ich war am Pressetag ein paar Stunden lang durch die Galerien des Burlington House geschlendert und hatte mir hier und da ein wenig Bilder angesehen, aber größtenteils mit Bewunderung über den Eifer und den guten Willen der Damen und Herren nachgedacht, die stehengeblieben waren. Buch in der Hand, vor jedem Bild: als jemand hinter mir freundlich an meinem Ärmel zog. Ich drehte mich um und sah mich mit einer Person konfrontiert, die ich scheinbar nicht kannte – einer kleinen jungen Frau mit einem Alpenhut und einem Schleier, der alles an ihrem Gesicht verdeckte, bis auf das zahnige Lächeln. Schon während ich hinschaute, war ich mir des Bedauerns darüber bewusst, dass das Schicksal, wenn auf diese spontane Weise Bekanntschaften für mich gemacht werden sollten, nicht eine bestimmte große, schlanke, dunkle junge Dame ausgewählt hatte, ganz in Schwarz und mit Hahnenfedern gekleidet, die ich hatte mit wachsendem Interesse beobachtet, wie sie Zimmer für Zimmer Notizen machte. Dann, als ich genauer durch den Schleier spähte, stellte ich fest, dass ich von Miss Timby-Hucks angesprochen wurde.

„Du hast mich nicht gekannt!" sagte sie mit einem lebhaften halben Kichern, als wir uns die Hände schüttelten; „Und Sie freuen sich nicht besonders , mich zu sehen; und du fragst dich: „Was zum Teufel macht sie hier?" Leugnen Sie es jetzt nicht!"

„Na ja, wissen Sie", antwortete ich unbeholfen – „ natürlich – *Pressetag* –"

„Ah, aber ich gehöre zur Presse", sagte Miss Timby-Hucks.

„Fröhliche Presse! Und seit wann?"

„ Oh, es ist jetzt fast zwei Wochen her. Und am *interessantesten* finde ich die Arbeit. Wissen Sie, schon seit langer Zeit bin ich *so* ruhelos, *so* sehnsüchtig darauf, einen Weg zu einer echten Karriere zu finden, in der ich mein wahres Ich sein und ein aktiver Teil des großen wirbelnden Stroms der Existenz sein und mich konzentrieren kann Denken Sie an die Realitäten des Lebens – glauben Sie nicht selbst, dass es *genau* das Richtige für mich sein wird?"

„Zweifellos", antwortete ich ohne zu zögern. „Und finden Sie es lohnend, sich auf die Realitäten zu konzentrieren ?"

„Nun", erklärte Miss Timby-Hucks, „von mir ist noch nichts gedruckt worden, also weiß ich es nicht." Aber ich bin mir sicher, dass alles gut wird. Sehen Sie, ich bin *sehr* vertraut mit einer Cousine von Mrs Umpelbaum , die Frau des Besitzers von *Maida Vale* , und so kam es dazu. Reporterinnen haben nie eine Chance, wird mir gesagt, es sei denn, sie haben Freunde in der Familie des Inhabers oder kennen den Herausgeber sehr gut. Es geht alles um Gunst , so – so –"

„Wie die liebste aller Realitäten", warf ich ein. „Aber wie kommt es, dass sie deine Sachen nicht drucken?"

„Ich habe noch keine geschrieben. Die Schwierigkeit bestand darin, ein Thema zu finden", erwiderte Miss Timby-Hucks. „O dieses schreckliche ‚Thema'! Ich dachte und dachte und dachte, bis mein Kopf fast platzte. Ich besuchte Frau Umpelbaum selbst und bat sie, etwas vorzuschlagen. Sie wissen, dass sie selbst viel für die Zeitung schreibt. Sie sagte, sie hätten seit einigen Wochen keine „Erinnerungen an Carlyle" mehr gehabt; Aber hinterher stimmte sie mir zu, dass das *zunächst* einmal nicht ganz das Richtige sei . Sie konnte mir nichts anderes vorschlagen, außer dass ich mich mit meiner Schneiderin unterhalten sollte. Sehr oft, sagte sie, bekommen Reporterinnen auf diese Weise die unterhaltsamsten *Enthüllungen* über Klatsch und Tratsch im gehobenen Leben. Aber es kam vor, dass es mir gerade nicht – nicht gerade bequem – war, meine Schneiderin aufzusuchen; und so scheiterte auch *dieser Vorschlag.* "

„Ich hatte keine Ahnung, dass Frauenjournalismus so schwierig ist", bemerkte ich mitfühlend.

„Oh ja, ja!" Miss Timby-Hucks fuhr fort. „Man kann nicht erwarten, dass man , *wie wir Journalisten sagen, mit der Gesellschaft in Kontakt* steht, ohne viel Geld auszugeben. Es gibt eine Reporterin, Mrs erzählte mir Umpelbaum , die sich allein durch Friseure und amerikanische Zahnärzte eine recht führende Position erarbeitet hat. Aber es macht mir nichts aus, zuzugeben, dass das mit einem größeren Aufwand verbunden wäre, als ich mir im Moment leisten könnte."

„ Du hast also nie ein Thema bekommen?" Ich fragte.

"Ja; endlich habe ich es geschafft. Ich war drüben bei den Grundys und erzählte von meinen Sorgen, und Onkel Dudley – wissen Sie, weil ich so viel mit den Mädchen zu tun habe, nenne ich ihn immer so – Onkel Dudley sagte, dass Interviews jetzt in Mode seien und dass Journalistinnen dies täten besser als Gentlemen-Reporter, weil sie mehr Mut hatten. Ich nehme an, dass er damit eine feinere Nervenorganisation meinte , die feinere Charakterschattierungen schneller erfassen und absorbieren kann. Aber das hat mir kaum geholfen, denn wen sollte ich interviewen und worüber? *Das* war die Frage! Aber Onkel Dudley dachte einen Moment nach und hatte dann einen Vorschlag parat. Alles hänge, sagte er, davon ab, einen richtigen Anfang zu machen. Ich muss eine Persönlichkeit und ein Thema auswählen, die gleichzeitig unumstritten und gleichzeitig von öffentlichem Interesse erfüllt sind. Seine Idee war, dass ich mit einem Interview mit Herrn TM Healy zum Thema „Der Niedergang der Scheinschildkrötenfischerei in der Tiefsee an der Westküste Irlands" beginnen sollte .' Wenn ich Herrn Healy dazu bringen könnte, offen über dieses Thema zu sprechen, wäre er sicher, dass ich die Aufmerksamkeit der Öffentlichkeit auf mich lenken würde."

"Hervorragend!" Ich weinte. „Und hast du es getan?"

„Nein", gestand Miss Timby-Hucks; „Ich ging zum Repräsentantenhaus und schickte meine Karte ein, aber es war ein anderer irischer Abgeordneter, der mich besuchen kam – ich glaube, sein Name war Mulhooly . Er war sehr höflich und erklärte, dass es seit einem kürzlichen traurigen Vorfall in einem der Ausschusssäle, ich glaube, es waren fünfzehn, die Regel seiner Partei sei, dass, wenn eine Dame eine Karte an ein Mitglied schickte, ein anderes Mitglied antwortete darauf. Es verhindere Verwirrung, sagte er, und stehe nicht im Widerspruch zu den geäußerten Ansichten der Kirche."

„Apropos nichts", sagte ich und führte uns zu einem Diwan, auf dem wir uns niederließen: „Sie scheinen endlich ein Thema gefunden zu haben. Ich gehe davon aus, dass Sie die Akademie für *Maida Vale* machen ."

„Ja", antwortete Miss Timby-Hucks mit sanfter Festigkeit; „Man könnte sagen, ich habe es *geschafft* . Ich bin hier seit dem ersten Moment, als die Türen geöffnet wurden, und ich bin schon zwölf Mal dort gewesen. Ich wünschte, ich hätte dich früher sehen können. Ich hätte so gerne Ihre Meinung zu den verschiedenen Werken erfahren, als wir vorbeikamen."

„Es ist besser, nicht", kommentierte ich. „Es sind Damen anwesend."

Die Reporterin sah mich einen verstohlenen Moment lang zweifelnd an. Dann lächelte sie ein wenig unter ihrem Schleier. „Du *sagst* so seltsame Dinge!" bemerkte sie. „Ich freue mich, dass sehr viele Damen anwesend *sind* . Es zeigt, wie wir uns die gebührende Anerkennung im Journalismus sichern. Ich glaube, es sind tatsächlich mehr von uns hier als Gentlemen-Reporter – ich würde sagen Gentlemen-Kritiker. Und so ist es auch in der Kunst. Sie sehen – ich habe sie hier in meinem Katalog gezählt –, dass dieses Jahr zweihundertvierundvierzig Künstlerinnen in dieser Akademie dreihundertsechsundvierzig Kunstwerke ausstellen. Denken Sie daran! Fünfzig von ihnen werden als Frau beschrieben , und einhundertvierundneunzig sind unverheiratet."

„Denk *daran!* ", erwiderte ich.

„Und unter ihnen sind", fuhr Miss Timby-Hucks fort, „eine Marquiseurin, eine Gräfin, eine Baronin und eine schlichte Dame." Damit beginne ich meinen Artikel. Ich denke, es wird interessant, nicht wahr?"

„Ich würde darauf achten, die schlichte Dame nicht zu sehr zu erwähnen ", schlug ich vor. „Das könnte *zu* interessant sein."

Sie hatte genug von ihrem Thema, um zu lächeln. „Nein, ich meine", sagte sie, „um zu zeigen, wie die Reihen der britischen Kunst aus den allerhöchsten Klassen besetzt werden und immer mehr den weiblichen Intellekt ansprechen." Ich glaube nicht, dass irgendjemand sonst auf die Idee kommen wird, im Katalog mitzuzählen. Das wird für mich also originell sein – um mein Geschlecht über die glorreiche Rolle aufzuklären, die es in der diesjährigen Akademie spielt."

„Aber hast du ihre Bilder gesehen?" fragte ich und unterdrückte ein unwillkürliches Stöhnen.

"Alle!" antwortete Miss Timby-Hucks. "Sie sind alle gut. Es gibt unter ihnen nicht das, was ich als schlecht bezeichnen würde – also als französisch oder unmoralisch. Das sage ich auch in meiner Kritik; aber natürlich muss ich es sorgfältig formulieren, weil ich Mr Umpelbaum ist in gewisser Weise ein Ausländer – und Sie wissen, dass sie alle so sensibel auf die Überlegenheit der britischen Kunst reagieren."

„Es liegt in ihrer Natur; Sie können nichts dagegen tun", betonte ich. „Sie versuchen jedoch ihr Bestes, um diese unwürdigen Emotionen zu meistern. Manchmal erreicht ihre Verheimlichung tatsächlich ein wirklich hohes Maß an Bemühung ."

„Mir wurde gesagt, dass es auf dem Kontinent überhaupt nichts Vergleichbares wie unsere Royal Academy gibt", sagte Miss Timby-Hucks. „Das ist doch nicht allgemein bekannt, oder? Ich hatte darüber nachgedacht, es zu sagen."

„Das wird eine sichere Aussage sein", versicherte ich ihr. „Man könnte noch weiter gehen und behaupten, dass kein anderes Land zu irgendeinem Zeitpunkt seiner Geschichte so etwas wie die Royal Academy gehabt hat. Es ist die einzigartige Blüte der britischen Zivilisation ."

Miss Timby-Hucks schien der Satz zu gefallen und notierte ihn auf der Rückseite ihres Katalogs. „Ja", fuhr sie fort, „ich habe darüber nachgedacht, meine Kritik allgemein zu äußern und mich mit solchen Dingen zu befassen." Aber ich habe einige furchtbar interessante Zahlen zu nennen. Zum Beispiel stellen 68 Akademiker und Mitarbeiter aus: Sie haben einhundertfünfunddreißig Ölgemälde, sechzehn Aquarell- oder Schwarzweißzeichnungen, acht architektonische Entwürfe und dreiundzwanzig Skulpturen – insgesamt einhundertzweiundachtzig Kunstwerke, also jeweils zweisiebenundsechzig Hundertstel. Ich kam darauf, indem ich die Gesamtzahl der Werke durch die Gesamtzahl der Akademiker dividierte. Glauben Sie, dass irgendjemand sonst das zuerst in einer

Tageszeitung abdrucken wird? Frau Umpelbaum erzählte mir, dass *Maida Vale* besonderen Wert auf neue Fakten legte. Ich glaube nicht, dass ich viel über die Bilder selbst sagen werde. Was *gibt* es zu den Bildern der Akademiker zu sagen? Wie ich Mama heute Morgen gesagt habe, wären sie keine Akademiker, wenn sie keine guten Bilder malen würden, oder? und gute Bilder sprechen für sich. Natürlich werde ich die Motive von Sir Frederics Bildern beschreiben – übrigens, was *ist* eine Hesperiden? – und einige der anderen: Ich werde Sie bitten, für mich ein paar führende Namen herauszusuchen. Aber ich werde meinen Hauptpunkt auf den großartigen Fortschritt der Künstlerinnen richten – ich habe jemanden gehört Nehmen wir an, im Nebenraum wären noch nie halb so viele gewesen – und was für eine erhebende Wirkung dies auf die britische Kunst hat. Könnte ich nicht sagen, dass es gerade das ist, was die britische Kunst zu dem macht, was sie heute ist?“

„Das ist zweifellos einer der Gründe“, stimmte ich zu, als ich aufstand. „Es gibt jedoch noch andere.“

„ Ees , ich weiß“, sagte Miss Timby-Hucks: „die Verbreitung christlicher Prinzipien unter uns, unsere hohe nationale Moral und die Heiligkeit der englischen Heimat.“ Frau Albert sagte erst gestern Abend, dass diese die Grundlage der britischen Kunst bildeten.“

„ Frau Albert ist eine Frau mit Urteilsvermögen“, sagte ich und machte eine Geste des Abschieds.

Aber Miss Timby-Hucks fiel sofort etwas ein. Ihre Augen glänzten, ihre beiden oberen Vorderzähne glänzten. „Oh, es ist mir gerade eingefallen!“ rief sie aus, näherte sich meiner Seite und sprach in vertraulicher Aufregung. „Ich weiß jetzt, wie diese Reporterin mit den Friseuren und Zahnärzten zurechtkommt. Sie zahlt ihnen überhaupt kein Geld. Stattdessen erwähnt sie ihre Namen in den Zeitungen. Wie dumm von mir, nicht schon früher daran gedacht zu haben! Warum – ja – das werde ich! – Ich werde meine Schneiderin zu den Private View-Prominenten zählen!“

Man verhält sich gerne höflich zu Menschen, die offensichtlich in der Welt Erfolg haben werden. Ich nahm Miss Timby-Hucks sofort zum Mittagessen mit.

———————

In Bezug auf verschiedene Phänomene, die den Fortschritt des Geschlechts entlang der Linien des größten Widerstands begleiten

„Meine eigene Idee", sagte Onkel Dudley, „ist, dass Frauen während Wahlen genauso wie Soldaten in Kasernen eingesperrt sein sollten."

„Ich war durchaus darauf vorbereitet, dass *Sie* unterhaltsame Ansichten über diesen Charakter haben", bemerkte Miss Wallaby mit jungfräulicher Strenge. „Männer, die durch die weniger entwickelten Teile der Erde gewandert sind und lange Zeit im Kontakt mit minderwertigen Zivilisationen verbracht haben , empfinden im Allgemeinen so. Das Leben in den Kolonien und in ähnlich rauen und abgelegenen Regionen übt tatsächlich diese Wirkung auf den männlichen Geist aus. Aber hier in England, dem Nervenzentrum der englischsprachigen Rasse, dem Konzentrationspunkt, von dem alle Impulse der Verfeinerung und Kultur ausgehen, die unsere Generation auszeichnen, beginnen die Menschen, diese Dinge in einem anderen Licht zu sehen. Sie weigern sich nicht länger, auf die überwältigenden Argumente zugunsten der völligen Gleichberechtigung der Frauen zu hören –"

„Oh, *das* gebe *ich* sofort zu", unterbrach Onkel Dudley. „Aber glauben Frauen heutzutage an die Gleichberechtigung untereinander? In meiner Jugend haben sie ihre ganze Energie darauf verwendet, zu zeigen, wie weit sie anderen Frauen überlegen waren."

„Ich habe von der männlichen Haltung gesprochen", sagte Miss Wallaby kalt. „Intelligent betrachtet sind die Abstufungen und Klassifizierungen, die wir untereinander auf Kosten solch unendlicher Schwierigkeiten und persönlicher Selbstaufopferung aufrechterhalten, das eigentliche Fundament, auf dem der Überbau der britischen Gesellschaft ruht."

„Das gebe ich auch zu", beeilte sich Onkel Dudley. „Wir kommen wirklich sehr gut miteinander aus."

Miss Wallaby ignorierte die Unterbrechung völlig. „Der Punkt ist", fuhr sie fort, „dass der männliche Geist in England – zweifellos mit charakteristischer Langsamkeit, aber immer noch – die Notwendigkeit erkennt , die vollste und vollständigste Beteiligung meines Geschlechts an öffentlichen Angelegenheiten sicherzustellen." . Mit fortschreitender Verbreitung der Aufklärung werden Männer immer mehr die groben und egoistischen Maßstäbe ihrer Tage der Herrschaft mit roher Gewalt aufgeben und sich stattdessen den Idealen der Reinheit und Sanftheit zuwenden, die „Woman in Politics" verkörpern. Es wurde beobachtet, dass man die künftigen Herrscher Englands in jeder kommenden Generation anhand der Ehrenlisten von Oxford und Cambridge ermitteln kann. Was für ein glücklicher Tag wird es für England und die Zivilisation sein , wenn dies auch von Girton und Newnham gesagt wird!"

„Vor einigen Jahren habe ich einmal einen Sommer im Bundesstaat Maine verbracht", sagte Onkel Dudley. „Das ist der Staat, wissen Sie, wo es seit fast vierzig Jahren ein Verbotsgesetz gibt. Ich glaube, der Überschuss an Frauen gegenüber Männern ist dort größer als irgendwo sonst auf der Welt – weil alle jungen Männer, die ihr Geld wert sind, in einen anderen Staat auswandern, sobald sie genug gespart haben für ein Bahnticket. Die Männer, die man dort in den kleinen Dörfern herumlungern sieht, kümmern sich alle um das Baby oder sitzen auf der Türschwelle und schälen Erbsen oder draußen im Hinterhof, den Mund voller Wäscheklammern, hängen Laken und Kissen auf. Koffer zum Trocknen auf der Leine. Die Frauen dort beteiligen sich sehr aktiv an der Politik – und jede Volkszählung zeigt, dass die Bevölkerung von Maine zurückgegangen ist. Der Schiffbau ist fast zum Erliegen gekommen, jedes Jahr werden Farmen aufgegeben, der Staat ist bis zum Rand mit Hypotheken belastet, und zum Frühstück bekommt man nichts als frittierte Muscheln und Heidelbeerkuchen – aber ich gehe natürlich davon aus, dass es eine Menge Reinheit und Süße *gibt* ."

Miss Wallaby stand auf und ging von uns weg; Das schwarze Samtband um ihren Hals, das Glitzern des Gaslichts auf ihrer Brille, der müde Hochmut in ihrem dunklen, hochnäsigen Gesicht schienen uns zu sagen, dass wir in der Tat sehr arme Geschöpfe waren.

„Sie war bei der Retired Licensed Victuallers' Division von Surrey, wissen Sie", rief Onkel Dudley aus, „und hielt Reden zugunsten des amtierenden Mitglieds, des alten Sir Watkyn Hump."

„Ah, das erklärt die Milch in der Kokosnuss", bemerkte ich.

„Naja, nein", überlegte mein Freund laut, „ich denke, *der junge* Hump ist dafür verantwortlich. Sehen Sie – sie ist gegangen und hat ihn den Waffen der Timby-Hucks entzogen."

Es war an einem von Mrs. Albert Grundys Abenden zu Hause, und Onkel Dudley und ich hatten jetzt eine ruhige Ecke für uns allein. Von diesem angenehmen Aussichtspunkt aus betrachteten wir träge die Menschenmenge, die Mrs. Albert am Klavierende des Raumes umgab und sich durch die offenen Doppeltüren in den angrenzenden Raum erstreckte – eine Menschenmenge aus strahlenden Armen und Schultern, aus hellem Satin und flauschigen Stoffen Stoffe, aus wehenden Federn und prächtige Haufen geflochtener Haare und meist hübsche Gesichter, umhüllt von einem politischen Lächeln. Hier und da wurde die Masse aus Rosa, Weiß und Creme abrupt durch einen schwarzen Mantel mit einem Hut unter dem Ärmel unterbrochen. Dudley und ich kommentierten beiläufig die Tatsache, dass fast alle diese Mäntel untergroßen älteren Männern gehörten, die im Allgemeinen eine Brille und einen grauen Bart trugen, und wir stellten mit gelassenem Interesse fest, dass sie hereinkamen – in lautstarkem Ton als „ Mr. und Mrs. So-and" verkündet – also – ihre Frauen waren in der Regel mehrere Zentimeter größer und viele, viele Jahre jünger als sie selbst.

Dann war es auch unterhaltsam zu sehen, wie Frau Albert diesen Neuankömmlingen die Hand schüttelte. Sie wusste genau, aus welchem Blickwinkel jeder diese Zeremonie bevorzugte, wobei sie ihre Fingerknöchel tief gesenkt hielt, um die kultivierteren und moderneren Leute aus der Umgebung von Cromwell Road und dem Park zu begrüßen, sie aber mit Brusthöhe emporhob, um diejenigen aus der Umgebung von Brompton zu begrüßen. und sie bis auf Kinnhöhe mit den Gästen von jenseits von Earl's Court hochzuheben, die immer noch in den Plagen der letztjährigen Mode steckten.

„Kluge Frau, diese Schwester von mir!" sagte Onkel Dudley. „Sehen Sie, wie sie ihre Schulter vor der Nase der Timby-Hucks herummanövriert hat, um sie davon abzuhalten, einzusteigen und dem Hon vorgestellt zu werden . Frau Coon-Alwyn. Und – hallo! von George, sie hat gewonnen! – da kommt die Gräfinwitwe von Thames-Ditton! Du wirst nie erfahren, welche Qualen die Ungewissheit, ob sie kommen würde oder nicht, verursachte, mein Junge. Emily war in den letzten vier Tagen nicht in der Lage zu essen und erwartete jeden Moment das Klopfen des Postboten, der ihr die Weigerung Ihrer Ladyschaft mitteilte, zu kommen. Das Einzige, was es ihr ermöglichte, mitzuhalten, sagte sie, sei, sich fest auf die Tatsache zu konzentrieren, dass die Aristokratie bekanntermaßen unhöflich sei, wenn es um die Beantwortung von Einladungen gehe. Aber jetzt, glückliche Frau – ihre Tasse läuft ziemlich über. Dies ist ein großartiger Abend für Fernbank. Und – schau! – gehängt, wenn das Mädchen nicht auch versucht, da reinzukommen! Sehen Sie, wie hübsch Emily das geschafft hat? Oh, Timby-Hucks! Timby-Hucks! Diesmal hast du deinen Fuß hineingelegt. Du wirst nie wieder auf der Freelist *dieser* Show stehen."

Das Unglück forderte tatsächlich Miss Timby-Hucks. Zweimal hatte Mrs. Albert geschickt ihre wohlgerundeten Schultern zwischen diese unternehmungslustige junge Frau und gesellschaftliche Ansehen geschoben – das zweite Mal mit ganz offensichtlicher Zielstrebigkeit. Und auch dort, hinter der Tür, beugte sich der junge Mr. Hump mit seinen abfallenden Schultern und seinem felsenartigen Kragen demütig über Miss Wallabys Stuhl und lauschte mit all seinen beträchtlichen Ohren ihren ausgewählten Monologen. Ach, die Eitelkeit menschlicher Bestrebungen!

einen heldenhaften Blick über das Feld der Niederlage warf , fiel ihr Blick auf unsere Ecke, und in diesem Moment leuchteten ihre beiden oberen

Vorderzähne in einem Lächeln der Erleichterung auf. Auf jeden Fall blieben *wir* zurück – und sie kam mit entschlossenem Schritt auf uns zu.

„Ich habe dich seit der Akademie kaum gesehen", sagte sie auf ihre lebhafte Art zu mir, nachdem wir uns alle die Hände geschüttelt hatten und sie sich zwischen uns auf das Sofa gesetzt hatte.

„Und wie ist Ihr Artikel herausgekommen?" Ich fragte höflich.

„Oh, es kam überhaupt nicht heraus", antwortete sie. „Es scheint, dass es zu lange übrig geblieben ist. Der Herausgeber *sagte*, es liege daran, dass seine Kolumnen mit interessanten Themen in Affensprache unter Druck standen; Aber *ich* glaube, das lag nur daran, dass ich eine Journalistin bin, und die Cousine von Mrs Umpelbaum , die Frau des Inhabers. Das muss so gewesen sein – denn lange nachdem der Herausgeber diese Entschuldigung vorgebracht hatte, druckten die Tageszeitungen immer noch ihre Kritik: „Elfte Bekanntmachung der Royal Academy", „Die Frühjahrsausstellungen – Vierzehnter Artikel" und so weiter. Ich habe ihn damit belastet – ich habe ihm gesagt, ich hätte gehört, dass sie noch Reste übrig hätten und dass sie nach den Wahlen wieder mit dem Drucken beginnen würden –, aber er sagte, bei den Tageszeitungen sei das anders. Alles , was *sie* brauchten, waren Anzeigen und Marktberichte, Polizeinachrichten und Telegramme über die mazedonische Grenze, und sie konnten Kunstkritiken und Buchrezensionen sogar Jahre nach ihrem Erscheinen drucken, weil niemand sie jemals gelesen hatte, als sie gedruckt wurden – Wochenzeitungen hingegen schon absolut auf dem neuesten Stand zu sein."

„Das Pech verfolgt Sie!", sagte ich mitleidig. „ Sie sind also überhaupt nicht in den Druck gegangen?"

„ O, ich bin kein bisschen niedergeschlagen", antwortete Miss Timby-Hucks mit keckem Selbstvertrauen. „Das Wort Versagen gibt es in meinen Büchern nicht. Der Weg zum Erfolg besteht einfach darin, weiterzumachen. Ich kenne eine Journalistin, die neun Wochen lang jeden Tag die Gräfin von Wimps interviewte, weil ihr zweiter Sohn vor Newmarket Heath gewarnt worden war. Jeden Tag wurde ihr der Zutritt verweigert – einmal kam sie in die Halle und wurde von einem brutalen Diener hinausgejagt – aber das ließ sie nie aus der Fassung. Jeden Morgen ging sie wieder. Und sie hätte es wahrscheinlich inzwischen geschafft – nur dass die Gräfin plötzlich England verließ, um den Sommer in Ägypten zu verbringen."

„Ja, Wady Halfa *hat* seine Vorteile, sogar im Juli", sagte Onkel Dudley. „Es ist warm und es gibt Insekten, aber man darf sie gesetzlich töten – in Ägypten."

Veranschaulichung der Wirkung von Gemüse und weiblicher Doppelzüngigkeit auf die Konzepte mütterlicher Verantwortung

Ich hatte das Gefühl, dass ich mit Frau Albert Grundy so vertraut war, dass ich ihr sagen konnte, dass es ihr nicht gut ging. Sie seufzte müde und sagte, sie wisse es.

Tatsächlich, arme Dame, es war offensichtlich genug. Sie hat es sich in letzter Zeit angewöhnt, ihr Haar über einer Locke aus der Stirn hochgesteckt zu tragen – die Wirkung von Mäusetönungen, die die Natur allmählich andeutet, wird offen gesagt durch Puder abgemildert. Jeder in der Fernbank ist sich darüber im Klaren , dass diese Reform in gewisser Weise die Gesamtlage verändert hat. Die Dienerin selbst, die zur Tür kommt oder das Teegeschirr hereinbringt, scheint sich seit der Änderung anders zu verhalten. Natürlich ist es keine neue Mode, aber erst als die Gräfinwitwe von Thames-Ditton es persönlich nach Fernbank brachte, konnte sich Mrs. Albert ganz sicher sein, dass es vollkommen geeignet war. Bis zu diesem Zeitpunkt schien es ihr ein Stil zu sein, der eher für Dozentinnen und die Ehefrauen schreibender Männer geeignet war, und obwohl Mrs. Albert die allergrößte Wertschätzung für Literatur hat – sie ist, wie sie sagt, ziemlich begeistert von ihr –, neigt sie dazu schnüffelt an seinen Frauen.

Wir alle haben das Gefühl, dass die Veränderung dem Gesicht von Frau Albert mehr Charakter verleiht – oder besser gesagt, dass sie nun jenes wahre unternehmerische und einfallsreiche Temperament zum Ausdruck bringt, das früher durch einen Rand verdeckt und geschwächt wurde. Aber die neue Regelung weist Mängel in ihren Qualitäten auf. Es eignet sich nicht für Tricks. Das Gesicht darunter verbirgt weder Angst noch Müdigkeit. Und beides stand weithin in Mrs. Alberts feinem Gesicht geschrieben . „Ja“, sagte sie, „ich weiß es.“

Die tröstende Vorstellung, dass die Notwendigkeit, den Direktoren in den Unternehmen ihres Mannes Abendessen zu Hause zu geben, bald vorbei sein würde und dass ein paar Wochen außerhalb von London, irgendwo in der Luft der Berge oder am Meer, sie alle zurückbringen würden Kraft und Elan fehlten, es hat nichts Gutes bewirkt. Sie schüttelte den Kopf und seufzte erneut.

„Nein“, sagte sie, „es ist nicht körperlich.“ Das heißt, es *ist* körperlich, aber die Ursache ist geistig. Es ist übermäßige Sorge.“

„Von allen Menschen auf der Erde – *du!* “, antwortete ich vorwurfsvoll. „Warum denkst du darüber nach – einen Ehemann, der der Traum von gefügigem Anstand ist, eine Kompetenz, die sich jedes Jahr zu einem

Vermögen ausweitet, ein Haus wie dieses, solche Bediensteten, solche Termine, so einen Kreis bewundernder Freunde – und dann deine Töchter! Na ja, die Mutter eines Mädchens wie Ermyntrude zu sein …"

„Genau", unterbrach Frau Albert. „Die Mutter eines solchen Mädchens zu sein, wie Sie sagen. Sie wissen nicht, was es wirklich bedeutet! Aber nein – ich weiß, was Sie sagen wollten – *bitte* nicht! Es ist ein zu trauriges Thema."

Ich konnte nichts anderes tun, als mich schwach zu bemühen, meine Überraschung zu zeigen. Es war unmöglich, an die Traurigkeit zu denken, die mit der großen, gutaussehenden und gutherzigen Ermie verbunden war.

„Sie denken, ich übertreibe, ich weiß", fuhr Frau Albert fort. „Ah, das weißt du nicht!"

„Nichts könnte offensichtlicher sein", antwortete ich, „als dass ich es nicht weiß. Ich kann mir gar nicht vorstellen, worauf Sie hinaus wollen."

Frau Albert hielt einen Moment inne und schob die Spitze ihres kleinen Pantoffels nachdenklich auf dem Teppich hin und her.

„Ja, ich *werde* es dir sagen ", sagte sie schließlich. „Du bist ein so alter Freund der Familie, dass du fast einer von uns bist. Und außerdem bist du immer mitfühlend – ganz anders als Dudley. Nun, der Punkt ist dieser. Sie kennen den jungen Mann – Sir Watkyns Sohn – Mr. Eustace Hump."

„Ich habe ihn hier getroffen", stimmte ich zu.

noch einmal treffen werden ", sagte Frau Albert eindrucksvoll.

„Der Entzug soll mich nicht zur Verzweiflung oder zum Trinken treiben", versicherte ich ihr. „Ich werde auf mich selbst aufpassen."

„Ich wage zu behaupten, dass er Ihnen nicht viel bedeutete", sagte Frau Albert. „Ich weiß, dass Dudley das nicht getan hat. Aber trotzdem *war er* berechtigt. Er ist der einzige Sohn, und sein Vater ist ein Baronet – ein erblicher Titel – und sie *wimmeln* von Reichtum. Und Eustace selbst hat, wenn man ihn kennenlernt, einige sehr bewundernswerte Eigenschaften. Du weißt, dass er *schreibt!* "

„Das habe ich gehört", antwortete ich, vielleicht nicht allzu gnädig.

„O, *regelmäßig* , für eine Reihe von Wochenzeitungen. Es versteht sich, dass er recht häufig bezahlt wird – was ihm natürlich nichts ausmacht –, aber seine Assoziationen sind eindeutig literarischer Natur. Ich hatte immer das Gefühl, dass seine Frau mit seinem Geschmack und seinen Verbindungen – vorausgesetzt natürlich, dass sie die richtige Frau war – endlich einen echten literarischen *Salon* in London eröffnen könnte . Wir wollten schon so lange eins, wissen Sie."

"Haben wir?" Ich murmelte lustlos und versuchte die ganze Zeit zu erraten, in welchem Zusammenhang das alles mit der Frage von Ermyntrude stand. Ich baute in meinem Kopf ein feindseliges Bild des abscheulichen Hump auf, mit seinen abfallenden Schultern wie eine deutsche Weinflasche, seinem schlanken Hals, der von hohen gestärkten Leinenwänden geziert wurde, und seinem törichten, eingebildeten Gesicht – und kam hoffnungsvoll zu dem Schluss Ermyntrude hatte ihn abgelehnt. Ich konnte den Gedanken nicht für mich behalten.

„Nun – hat sie ihn zu seinen Geschäften geschickt?" fragte ich und bereitete mich darauf vor, vor Freude zu strahlen.

„Nein", sagte Frau Albert reumütig. „Soweit ich das beurteilen kann, ist es nie soweit gekommen – aber auf jeden Fall ist alles vorbei. Ich gehe davon aus, dass ich jetzt jeden Morgen die Ankündigung in der *Morning Post* lesen werde, dass eine Ehe zwischen ihm und – und – Miss Wallaby arrangiert wurde!"

Ich saß aufrecht und spürte, wie ich lächelte. „ Was! – das Mädchen mit der schwarzen Schleife um den Hals?" Ich fragte gemütlich.

„Es wäre ihrem Herzen angemessener", bemerkte Frau Albert mit Bitterkeit im Ton. „Warum, weißt du? Ihre Mutter hat, obwohl sie Lady Wallaby ist, kein „h" in ihrer gesamten Komposition."

Watkyn Hump auch nicht ", erwiderte ich freundlich. „ Es ist also ein fairer Austausch."

„Ah, aber *er* kann es sich leisten", warf Frau Albert ein. „Aber die Wallabys – nun, ich kann nur sagen, dass ich das Recht hatte, von *ihnen eine andere Behandlung zu erwarten* . Wie, glauben Sie, wären sie jemals zum Hon. gebeten worden? Mrs. Coon-Alwyns Gartenparty, oder Lady Thames-Ditton kennengelernt, oder allgemein in die Gesellschaft aufgenommen worden, wenn ich mich nicht für sie interessiert hätte? Der Vater dieses Mädchens, der alte Sir Willoughby Wallaby, war nie etwas anderes als Polizeichef oder so etwas in einer australischen Sträflingssiedlung. Ich *habe* gehört, dass er versehentlich zum Ritter geschlagen wurde, aber natürlich sind meine Lippen versiegelt."

„Ich nehme an, sie haben sich wirklich schlecht benommen", sagte ich halb fragend.

"Schlecht!" wiederholte die zornige Mutter. „Das Urteil überlasse ich Ihnen. Es wurde hier gemacht, ganz unter meinem eigenen Dach. Sie wissen, dass Miss Wallaby ihre Dienste freiwillig zur Verfügung stellte und in die Retired Licensed Victuallers' Division von Surrey ging, um für Sir Watkyn zu kandidieren . Wissen Sie, ich habe nie etwas geahnt. Und dann ging Miss

Timby-Hucks auch zu Boden, aber man zeigte ihr eher die kalte Schulter, und sie kam zurück und erzählte mir Dinge, und ich wollte es *immer noch* nicht glauben. Na dann – vor drei Wochen – an meinem Evening At Home – du warst hier – kamen die Wallabys so groß wie das Leben, und diese intrigante junge Person manövrierte herum, bis sie mit Eustace und meiner Ermyntrude allein war, und dann erzählte sie ihr eine Szene, die sie gemacht hatte während ihrer jüngsten Wahlerlebnisse miterlebt hatte. Irgendwo gab es ein Treffen für Sir Watkyn , ich kann mich nicht an den Namen erinnern, und es waren ziemlich viele von der anderen Seite da, und sie johlten und schrien und sorgten für Unruhe, bis es schließlich einen Redner gab , den sie wollten überhaupt nicht hören. Das alles erzählte das Mädchen Ermyntrude ernst und als ob sie vor Empörung überströmte. Und dann kam sie zu der Stelle, an der der Redner standhaft blieb und versuchte, sich Gehör zu verschaffen, und die Menge schrie lauter als je zuvor, und er beharrte immer noch hartnäckig – und dann warf jemand ein großes Gemüsekürbis, weich und sehr reif, und es traf den Lautsprecher direkt unter dem Ohr und explodierte über ihn!"

"Hahaha!" Ich habe ejakuliert. „Das Gemüsemark in der Politik ist neu – voller wunderbarer Möglichkeiten und Samen – es ist ein Wunder, dass noch nie zuvor daran gedacht wurde."

„Ja", sagte Frau Albert mit einem Seufzer. „Ermyntrude fand es auch lustig. Sie hat einen sehr ausgeprägten Sinn für Humor – viel zu scharf. *Sie* hat auch gelacht!"

"Und warum nicht?" Ich fragte.

"Warum nicht?" fragte Frau Albert mit leuchtenden Augen. „Weil die Geschichte nur erzählt wurde, um sie zum Lachen zu bringen – weil – weil der Sprecher, bei dem dieses unglückliche Gemüsemark explodierte – *Eustace Hump war!* "

Enthält Gedanken über das Große Unbekannte, zu denen Spekulationen über ihr Jenseits hinzugefügt werden

Es kommt nicht oft vor, dass ich die Zeit finde, an den Donnerstagen von Frau Albert Grundy teilzunehmen – am dritten und fünften Donnerstag jedes Monats von 16 bis 18.30 Uhr –, aber an einem bestimmten Nachmittag zogen angenehmes Wetter und das Gefühl einer seit langem erworbenen Verantwortung mich an mich nach Fernbank.

Es war wirklich sehr schön, nachdem man dort angekommen war. Vielleicht wäre es weniger zufriedenstellend gewesen, wenn die Flucht aus dem Salon schwieriger gewesen wäre. In diesem formellen Raum, dessen Jalousien heruntergelassen waren, um den Teppich vor der Sonne zu schützen, hing die respektable Luft etwas schwer über der versammelten Matrone von Brompton und den Kensingtons . Die Einheiten in dieser Versammlung wechselten von Zeit zu Zeit – denn der Kreis von Frau Albert ist groß und wächst –, aber die Wirkung der Summe blieb weitgehend die gleiche. Die älteren Damen sprachen über die Liebenswürdigkeit und Freundlichkeit der Herzogin von Teck; und argumentierte über die kontinentalen Beziehungen der Herzoginnen von Connaught und Albany, zunächst in einem scheinbar hoffnungslosen Gewirr von *Burgen* und *Häusern* und *Zollern* und *Sweigs* , dann triumphierend wieder hinaus ins helle Tageslicht einer wohlgeordneten und klaren Genealogie. Die jüngeren Frauen sprachen mit gedämpfter Stimme von jugendlicheren Prinzessinnen auf den unteren Stufen des Throns und unternahmen gelegentlich Kurzflüge über die Nordsee auf der fantasievollen Suche nach einer geeigneten Braut für den damals unverheirateten Herzog von York, falls ein Import gefunden werden sollte notwendig sein – worüber die Meinungen bei aller Loyalität unterschiedlich sein könnten. Die wenigen jungen Mädchen, die hier pflichtbewusst neben ihren Müttern oder verheirateten Schwestern saßen, sprachen überhaupt nichts, sondern lächelten verwirrt und schauten weg, wann immer der Blick eines anderen auffing, ihren Blick auffing – und ich vermute, dass sie mit anständiger Demut an Marchiossen dachten.

Aber draußen, auf dem Gartenrasen hinter dem Haus, warf der *Almanach de Gotha* keinen Schatten, und der scharfe Duft von Jasmin und Lilien vertrieb den ledrigen Geruch von Debrett aus der weichen Sommerluft. Der sanfte Londoner Dunst machte Whistlers und Maitlands zu den Mauern, Dachlinien und Schornsteinen dahinter. Die hübschen Mädchen von Fernbank hielten hier auf dem Samtgras Hof, zusammen mit Gruppen von Mädchen aus sympathischen Myrtle Lodges und Cedarcrofts und Chestnut Villas – ausgewählten Gehöften, die sich bis ins abgelegene West Kensington erstreckten. Sie sagten, es sei niemand mehr in London. Als ich abseits im Schatten des Efeus über dem Gartenweg saß und dieses Panorama der Freundschaften der Grundys im Freien betrachtete , kam es mir vor, als hätte ich nie zuvor begriffen, wie viele Mädchen es wirklich auf der Welt gab.

Und wie süß war es, diese Mädchen zu betrachten, mit ihren zierlichen Matrosenhüten aus Stroh, ihren Wangen aus Devon-Creme und Damast, ihren großen und wohlgeformten Formen, ihren Profilen von makelloser klassischer Zartheit! Was wäre, wenn auch sie mit der Zeit lieber drinnen sitzen und über Tantiemen und den Adel plappern müssten und höflich die beiden aggressiven Schneidezähne vornehmer Reife entblößen müssten, wenn sie um eine dritte Tasse Tee gebeten würden? Dieses Stadium, Gott sei Dank, sollte viele Jahre entfernt sein. Wir werden hier draußen im sonnenbeschienenen Garten keine Memento-mori-Knochen oder Stoßzähne haben – sondern nur Tennisbälle und die inspirierenden Kreidebänder auf dem Rasen und die edle Anmut der englischen Mädchenzeit, aufrecht und fröhlich unter freiem Himmel. # So sehr ich mich an diesem Spektakel erfreute, so zwang es mich auch zu einem gewissen vagen Gefühl der Depression. Diese erhabenen und liebenswerten Geschöpfe waren mir fremd. Damit meine ich nicht, dass mir ihre Namen unbekannt waren oder dass ich nicht mit vielen von ihnen höfliche Worte gewechselt hatte, oder dass ich ihnen allen nicht vorgestellt und von ihnen freundlich empfangen werden könnte. Ich hatte vielmehr das Gefühl, dass wir bis ans Ende unserer Tage Fremde bleiben würden, wenn es mir möglich wäre, sie alle zu heiraten. Ich würde nie wissen, was ich ihnen sagen soll; Noch weniger sollte ich jemals erraten können, was sie dachten.

Die Größte und Beeindruckendste der ganzen Schar – das hübsche Mädchen im blassbraunen Kleid mit der Hemdbrust und der Jackenbluse, die wie eine träge Diana mit gefalteten Händen auf ihrem Schläger steht – nun, ich habe sie über die ganze Länge gestoßen Ich bin fast eine Woche lang von Sunbury nach Walton gefahren, erst letzten Sommer, ganz zu schweigen davon, dass ich jeden Abend beim Abendessen auf dem Hausboot neben ihr gesessen habe. Tatsächlich waren wir so sehr zusammen, dass meine Freunde in der Umgebung, wie ich später erfuhr, untereinander die Aussicht erörterten, dass wir uns darauf einigen könnten, uns niemals zu trennen. Dennoch habe ich das Gefühl, dass ich dieses Mädchen nicht kenne. Wir sind Freunde, ja; aber wir kennen uns nicht.

Mehr als einmal – vielleicht ein Dutzend Mal – ist mir bei meiner Fahrt durch die geschäftigeren Straßen Londons dieses Ding in den Sinn gekommen: ein elegant vorbeiwirbelnder Kutscher, dessen dunkle Kapuze das Gesicht einer jungen, wehmütigen, elfenbeinfarbenen Frau umrahmt . Es ist wie die Blitzbelichtung einer Kodak – dieser kurze Augenblick, in dem ich dieses Gesicht sehe und begreife, dass sein Blick den meinen getroffen hat und sich ein Blitzbild von etwas in mein Gedächtnis eingebrannt hat, das ich nicht wiedererkennen würde , wenn ich es gesehen hätte wieder und kann mich überhaupt nicht reproduzieren und würde es wahrscheinlich auch nicht mögen, wenn ich könnte, was mir jedoch das Gefühl gibt, dass ich reicher bin als zuvor. In diesem winzigen Pulsieren des Raums wurde ein ungeübter und unvoreingenommener Kontakt menschlicher Seelen gerissen – projiziert aus einer Leere für einen Moment, um vorwärts in eine andere geschwemmt zu werden; und obwohl der Jüngste Tag selbst diese beiden nicht wieder zusammenbringen wird, kennen sie sich doch.

Wenn ich nun die Göttin im blassbraunen Gewand noch einmal betrachte, kommen mir diese unbeschrifteten Gesichter der umherhuschenden Hansoms im Vergleich wie die von vertrauten Gefährten und Vertrauten vor.

Dieses heitere und gleichmäßige Gesicht mit seiner exquisiten Nase, seiner kurzen Oberlippe und dem Glitzern von Perlen entlang der gebogenen Mundlinie, seinen korrekt geschwungenen Brauen und weit geöffneten, teilnahmslosen blauen Augen vermittelt mir keinen Eindruck von menschlicher Gemeinschaft. Ich kann sehen, wie es mit prophetischer Bewunderung alle anderen in Henley, Goodwood oder auf der großen Treppe des Buckingham Palace übertrifft. Ich kann es mir in Monte Carlo vorstellen, als ich beim Anblick des zurückweichenden Goldes ein wenig errötete; oder am Kopfende des Tisches eines großen Adligen, kalt über seidenem Hals und Schultern schwebend und ohne jede Bewegung unter dem freien Flüstern Seiner Exzellenz auf der rechten Seite. Ich kann es mir im Scheidungsgericht vorstellen, wo ich mit metallischem Gleichmut den unhöflichen Blick von tausend unlizenzierten Augen ertrage. Aber meine Fantasie schwankt und versagt bei der Aufgabe, mir dieses Gesicht an meinem eigenen Kamin vorzustellen, während das Licht des heimischen Kamins die Fülle ihres runden Kinns malt und sich in ihrem Blick widerspiegelt, während wir über Männer und Bücher und andere Dinge sprechen , die offene Freude echter Kameradschaft.

Aber – tschut ! – ich habe keinen Kamin, und die Kameraden, die ich am liebsten mag, spielen im Club Half Crown Whist; und das sind alles nette Mädchen – herzhafte, gesunde, hübsche Mädchen, die laufen, rennen, tanzen, schwimmen, Skullen, Schlittschuh laufen und reiten können, wie kein anderer es gekannt oder gewagt hat, seit die Gletscherwelle des Christentums die Lichtungen und Täler von entvölkert hat Olymp. Sie werden sich nach Art ihrer Art paaren, und mit der Zeit wird eine neue Generation von aufrechten, kräftigen, dünnlippigen, rosa-weißen Mädchen und von braunhaarigen, tiefbrüstigen Jungen, ihren Brüdern, hervorkommen – Jungen, die sich ihren Weg durch Rugby und Harrow bahnen, sich durch falsche Schreibweisen und Missverständnisse den Weg in die Armee, die Marine und den öffentlichen Dienst bahnen und sich über den bewohnbaren

Erdball ausbreiten, um aus purer Unfähigkeit, solche zu verstehen, wie Baboos und Matabele zu herrschen und bloßes Irentum, wie das imperiale Schicksal ihnen überlässt.

Die Vision ist nicht ganz erfreulich, denn sie projiziert sich mit Bescheidenheit darüber hinaus, in den weiteren Raum, in dem neue seltsame andere Generationen wandeln – die Mädchen noch größer und kälter, die Jungen rittlings auf einem noch kühneren Sattel langweiliger Herrschaft. Widerwillige Prophezeiungen erkennen unter ihren stattlichen Füßen die zerschundenen Fragmente vieler antiker Kleinigkeiten – den *Schnickschnack einer* ausgestorbenen sentimentalen Fraktion, die Sinn für Humor hatte *und* buchstabieren konnte – und, um Mama zu gefallen, haben sich die Feigenblätter ziemlich ausgebreitet und versteckten die Statuen in ihrem Garten. Aber es gibt Macht und Imperium; Noch gelassener ragen sie über den kleinen fremden Leuten empor, die kochen, zu Harfen und Geigen singen und zu ihrem Vergnügen malen; So wie es unter ihrer Gestaltung ist, besitzen sie die Erde.

Während die Sonne am Hammersmith-Himmel untergeht, nehme ich meinen Hut ab und grüße die potenziellen Mütter des Neuen Roms.

Ein Blick auf einige moderne Aspekte der genialen, aber überbewerteten Erfindung von Meister John Gutenberg

Es war sehr angenehm, Onkel Dudley im Strand zu treffen. Nur hier und da gibt es jemanden, der diese Prüfung bestehen kann. Ganze Legionen unserer Freunde, anständige und zutiefst angesehene Menschen, fallen auf dieser alten, aber robusten Durchgangsstraße sozusagen völlig aus dem Bild. In Chelsea oder Highgate oder im Pembridge-Land, wo sie zu Hause sind, kommen sie tatsächlich sehr gut zurecht: Dort passt die Umgebung ihnen sehr gut; dort erzeugen sie auf einen nur liebenswürdige oder zumindest natürliche Eindrücke. Aber wenn man ihnen am Strand begegnet, ist man schockiert über die völlige Widersprüchlichkeit der Dinge. Sie vermitteln nicht nur den Eindruck, verloren zu sein – hilflos an unbekannten Orten umherzuwandern. Sie verletzen Ihre Wahrnehmung, indem sie Einschränkungen und Mängel aufdecken, die andernfalls vielleicht bis ans Ende der Zeit verborgen geblieben wären. Da merkt man plötzlich, dass es doch keine so guten Kerle sind. Ihr spiritueller Teint wird durch das schwache Licht, das die Außenbezirke des Vier-Meilen-Radius durchdringt, wettgemacht – und zerfällt im fröhlichen Glanz des Strandes. Es ist schlichte Anmaßung ihrerseits, darüber zu schlendern, wo die Geister von Goldsmith und Johnson wandeln, wo Prior und Fielding und unser Dick Steele vorbeigekommen sind. Instinktiv gehst du vorbei und schaust weg.

Ganz anders war es bei Onkel Dudley. Man sah sofort, dass er zum Strand gehörte, genau wie alle anderen unserer verachteten und verächtlichen Schwestern an seinen Ecken, und mit wahrer insularer Hartnäckigkeit gegen deutsche Wangen und gerötete Akzente konkurrierte; so vollständig wie alle einheimischen Faulenzer, die in ihren Flussufer-Lokalen aus Tudor-Zeiten vererbt wurden, mit ihrer raffinierten Freude an Getränken und Schmutz, ihrem großen Selbstvertrauen, das durch Lumpen und rußigen Schmutz grinst. Es schien, als hätte ich Onkel Dudley immer mit dem Strand in Verbindung gebracht.

Er stand nachdenklich vor einem mutigen Fenster, in dem amerikanischer Käse, dänische Butter, norwegischer Fisch, belgische Eier, deutsche Würste, ungarischer Speck, französisches Gemüse, australische Äpfel und algerische Früchte die Katholizität der modernen britischen Ernährung feiern. Er drehte sich um, als ich seine Schulter berührte, und zog meinen Arm durch seinen.

„Sir", sagte Onkel Dudley, „lassen Sie uns einen Spaziergang entlang des Strandes zum Gerichtsgebäude machen, wo ich mir vorstellen kann, dass die

Flut der menschlichen Existenz mit beispielloser Regelmäßigkeit und Schnelligkeit das Schlimmste davonträgt."

Unterwegs erzählte er mir, dass seine Gicht völlig verschwunden sei, weil er vorausschauend einen großen Vorrat an den besten medizinischen Ratschlägen gesammelt und dann alles nachdenklich und mit Mühe ignoriert habe. An zwei Rastplätzen demonstrierte er mir, dass seine Genesung mit reichhaltigen und starken Getränken vereinbar sei. Während wir nach Osten schlenderten, offenbarte er mir, warum er sich so weit entfernt hatte.

„Sie wissen, dass Frau Albert wirklich eine freundliche Seele ist", sagte er. „Es liegt nicht in ihr, wütend zu bleiben. Sie erinnern sich, wie streng sie schwor, dass sie und Fernbank Miss Timby-Hucks zum letzten Mal gesehen hatten. Es hat nur fünf Wochen gedauert – und nun, Gott segne mich, wenn sich das Mädchen nicht mehr denn je auf unserem Rücken fühlt. Sie hat sich nun in einen neuen Zweig des Journalismus verlagert – es scheint, dass es heutzutage viele Zweige gibt."

„Es ist aufgefallen", stimmte ich zu.

„Sie schreibt nicht mehr ", erklärte er, „das heißt nicht *für* die Zeitungen. Stattdessen geht sie ins Museum oder irgendwohin und liest sorgfältig jede Tages- und Wochenzeitschrift, glaube ich, in England. Ihre Aufgabe besteht darin, mögliche Verleumdungen darin herauszusuchen – und ihren Arbeitgebern, einer bestimmten Anwaltskanzlei, täglich eine Liste davon zu liefern. Sie kommunizieren mit den geschädigten Menschen und teilen ihnen mit, dass sie geschädigt *sind* , was sie sonst höchstwahrscheinlich nicht gewusst hätten, und das Ergebnis ist natürlich eine sehr schöne und temperamentvolle Auswahl an Rechtsstreitigkeiten."

„Dann erklärt das alles, was in letzter Zeit …"

„Vielleicht nicht ganz *alle* ", warf Onkel Dudley ein. „Aber die Timby-Hucks ist sowohl energisch als auch wachsam und sie sagt mir, dass es ihr großartig geht. Sie ist natürlich sehr begeistert davon. Sie sagt, dass das Geld natürlich ein Objekt sei, ihre wahre Zufriedenheit aber in den humanitären Aspekten ihrer Arbeit liege."

„Ich bin mir nicht sicher, ob ich folge", sagte ich zweifelnd.

„Nein, ich habe es am Anfang nicht ganz so genau genommen", sagte Onkel Dudley, „aber wie sie es erklärt, ist es ganz einfach. Sie sehen, den Geschäften in London geht es schlecht – schlimmer, wie man sagt, als sonst. Die Zahl der Arbeitslosen ist erschreckend, sagen mir diejenigen, die darüber nachgedacht haben. Es gibt viele tausend Menschen ohne Essen, ohne Feuer und ohne nennenswerte Kleidung. Die meisten Menschen sind davon entmutigt. Sie können nicht sehen, wie die Sache verbessert werden kann.

Aber Miss Timby-Hucks hat eine sehr geniale Idee. Warum, fragt sie, verklagen nicht alle Arbeitslosen alle Zeitungen wegen Verleumdung? Verstehst du den Gedanken?"

„Bei George!" Ich rief: „Das ist ein kühner, umfassender Gedanke!"

„Ja, nicht wahr?" rief Onkel Dudley. „Es reizt mich ungemein. Zum einen ist es so sicher, so sicher! Im Großen und Ganzen bestehen keinerlei Risiken. Ich gehe davon aus, dass es noch nie einen Fall gegeben hat, unabhängig von der sogenannten Begründetheit, in dem der englischen Zeitung nicht Schadensersatz in irgendeiner Form auferlegt wurde. Niemand ist zu bescheiden oder zu zwielichtig, um ein Urteil gegen einen Herausgeber oder eine Zeitung zu fällen Inhaber. Miss Timby-Hucks erzählt mehrere äußerst rührende Begebenheiten, in denen der Wolf tatsächlich vor der Tür stand, die Kinder ohne Schuhe und hungrig waren, die Mutter vom Trinken erschöpft war, Regen durch das Dach fiel und so weiter – und alles wurde durch den Wolf in Frieden und Zufriedenheit verwandelt Der glückliche Gedanke, eine Verleumdungsklage einzureichen. Der Vater trägt jetzt ein Lächeln und eine weiße Weste; die Abflüsse wurden repariert; Die kleinen Kinder, schön gewaschen und gekämmt, treten sich gegenseitig in brandneuen Stiefeln gegen die Schienbeine und singen fröhlich unter dem Motto „Gott segne unser Zuhause!" aus Kammgarn. Der Gedanke berührt mich sehr."

„Du hattest immer ein zartes Herz", antwortete ich. „Ich nehme an, dass es wegen der Richter keinen Ärger geben würde?"

„Nicht das Geringste auf der Welt", sagte Onkel Dudley selbstbewusst. „ Natürlich müsste die Bank stark vergrößert werden, aber diesbezüglich besteht kein Grund zur Sorge. Es gibt eine geheimnisvolle, aber wohltätige Regel, mein Junge, auf die Sie sich bei dieser Richterbildung immer verlassen können – ganz gleich, wie angesehen ein angesehener Anwalt sein mag, ganz gleich, wie eng seine Verbindung zu Zeitungen ist, wie groß Er verdankt ihnen seine Karriere – in dem Moment, in dem er auf die Bank kommt, erkennt er den vollen, feinen, altverkrusteten juristischen Geist gegenüber der Presse. Die Waage fällt ihm mit einem Knall aus den Augen, und er sieht den Herausgeber und den Zeitungsinhaber so, wie sie wirklich sind – Kriminelle, Söldner, Verbrecher, soziale Schädlinge –, die man belehren, schikanieren und niedermachen will. O, Sie können sich auf die Richter verlassen! Sie sind so sicher wie ein neuer liberaler Kollege, Tory zu wählen."

„Aber die ‚Macht der Presse'?" Ich drängte. „Wenn sich die Zeitungen zum Protest zusammentun und –"

„Du redest wahllos!" sagte Onkel Dudley fast streng. „Ich würde sagen, das sicherste und absolut zuverlässigste Element in dem ganzen Fall ist die

Tatsache, dass Zeitungen nicht zusammenpassen. Immer wenn ein Redakteur getroffen wird, grinsen alle anderen. Eine Zeitschrift ist mit schweren Schäden übersät, alle anderen haben Mühe, ihre Freude zu verbergen. In der Naturgeschichte lesen Sie, dass Drachen dazu neigen, auf einen ihrer Art zu fallen, der verwundet oder altersschwach ist, und ihm die Augen auszustechen. Nun, Drachen bestehen auch aus Zeitungen."

„Und Geschworene?" Ich begann zu fragen.

„Hier sind wir", bemerkte Onkel Dudley und wandte sich den bewachten Portalen der großen Halle zu.

„Ich habe einen Freund unter den Wärtern hier, einen nachdenklichen und anspruchsvollen Mann. Ich werde von ihm erfahren, wo wir nach dem schärfsten Fall suchen können. Er interessiert sich lebhaft für die Häutung von Redakteuren. Ich glaube, er war einmal Drucker. Er wird uns sagen, wo die Axt heute am wildesten glänzt: wo; Wir werden das meiste journalistische Blut für unser Geld bekommen. Sie haben von Geschworenen gesprochen. Werfen Sie einfach einen Blick auf eines davon – wenn Sie keine Angst davor haben, Ihr Mittagessen zu verderben – und Sie werden sehen, dass sie für sich selbst sprechen. Sie betrachten alle Zeitungen als Staatsfeinde – vor allem, wenn die Wetttipps irreführender als sonst waren. Sie stehen zu ihresgleichen. Sie „geben dem armen Mann eine Chance", ohne zu zögern und ohne Zweifel. Sie sind hier, um die Entdeckung beweglicher Schriften zu rächen, und sie tun es. Kommen Sie mit mir und werden Sie Zeuge der Ausweidung einer Tageszeitung, der Lähmung eines Unterredakteurs – eines Verlegers, der von der Hand des Gesetzes wie ein Ochse niedergeschlagen wurde. Seit die Bärengruben von Bankside geschlossen wurden, gab es keinen solchen Sport mehr."

Bedauerlicherweise stellte sich heraus, dass an diesem Tag keiner der Richter vor Gericht erschienen war. Es drohte Ostwind in der Luft. „Sehen Sie, wenn sie nicht leben, bekommen sie bis zu einem gewissen Alter keine Rente mehr, und ihre Erben drehen den alten Herren bei solchem Wetter den Schlüssel im Schloss um", erklärte Onkel Dudley und wandte sich enttäuscht ab.

Einzelheiten zu bestimmten Vorsichtsmaßnahmen, die während des Panikvorfalls bis hin zu einer spät drohenden Invasion ergriffen wurden

„ICH HOFFE", sagte Frau Albert, „dass ich ebenso frei bin, meine Fehleinschätzungen einzugestehen wie jeder andere." Offensichtlich liegt in dieser Angelegenheit ein Fehler vor, und es ist ebenso offensichtlich, dass ich derjenige bin, der ihn gemacht haben muss. Ich musste nicht darauf hingewiesen werden, Dudley. Was ich von Ihnen erwartete, war Rat, Beistand, Mitgefühl. Du scheinst überhaupt nicht zu begreifen , wie wichtig mir das ist. Ein falscher Schritt kann jetzt alles ruinieren – und Sie sitzen einfach da und grinsen!"

„Meine liebe Schwester", antwortete Onkel Dudley und glättete sein Gesicht, „das Lächeln war unfreiwillig. Es soll sich nicht wiederholen. Ich dachte nur an Alberts Begeisterung für die –"

"Ja, ich weiß!" setzen Sie Frau Albert ein ; „für das Mädchen mit der Zuavenjacke –"

„ *Und* der scharlachrote Unterrock", forderte Onkel Dudley auf.

„ *Und* die Krinoline", sagte die Dame.

„Oh, er hat nicht darauf bestanden. Ich erinnere mich an seine genauen Worte. „Ob diese Unterwäsche", sagte er, „aus einem steifen Material wie Rosshaar oder aus Stahlreifen gefertigt ist, ist eine reine Detailfrage." Nein, Albert war in diesem Punkt ausdrücklich aufgeschlossen."

„Ich stimme Ihnen zu", bemerkte Frau Albert kalt, „insofern, als dass er durchaus daran denkt." Mittlerweile ist er, glaube ich, mindestens zwanzig Mal auf das Thema zurückgekommen. Ich bin nicht so blind, wie Sie sich vorstellen können. Mir fällt auf, dass Herr Labouchere erwähnt auch jede Woche ein anderes Mädchen in *ihrer* Zuavenjacke, an das *er* sich offenbar mit gleicher Zuneigung erinnert."

„Ja", warf Onkel Dudley ein, „diese Worte über das ‚steife Material wie Rosshaar ‘ *stimmten* . " Ich vermute, dass Albert sie dort einfach gelesen und unbewusst wiederholt hat. Solche Dinge tun wir oft unbeabsichtigt und unüberlegt."

Frau Albert schüttelte den Kopf. „Es geht mir natürlich nichts an", sagte sie, „aber ich kann mich des Gefühls nicht erwehren, dass der Familienvater mittleren Alters seine Gedanken auf etwas Edleres, etwas Höheres konzentrieren könnte als die Erinnerung an den Charme eines roten

Unterrocks.“ , vor dreißig Jahren. Das ist so charakteristisch für Männer. Sie können eine Frage nicht umfassend diskutieren –“

"Denke nicht?" fragte Onkel Dudley interessiert. „Sie sollten einmal am Schlüsselloch lauschen, nachdem Sie die Damen vom Abendessen hinausgeführt haben.“

„Ich meine persönlich, im Allgemeinen. Sie präzisieren immer . Albert zum Beispiel lässt zu, dass alle seine Ansichten zu dieser sehr wichtigen Frage gefärbt werden durch die Tatsache, dass er als junger Mann ein Mädchen in einem kurzen roten Balmoral-Unterrock bewunderte. Wann immer ein Gespräch irgendeinen Aspekt des gesamten Themas „Kostüm“ berührt, bringt er seine ermüdende Bewunderung für dieses bestimmte Kleidungsstück zum Ausdruck. Natürlich stelle ich keine Fragen – ich würde es vorziehen, nicht informiert zu werden – ich versuche nicht einmal, Schlussfolgerungen zu ziehen –, aber ich bemerke, dass Ermyntrude allmählich die Beharrlichkeit bemerkt, mit der ihr Vater …“

„Meine gute Emily“, drängte Onkel Dudley tröstend, „schon in den Sechzigern mochten wir alle dieses Mädchen; wir konnten nicht anders – sie war das einzige Mädchen dort. Und wir, wir Alten, denken immer noch liebevoll an sie, denn für uns war sie auch die Letzte, die es gab! Als sie ausging, siehe da! Auch wir waren ausgegangen, um nicht mehr zurückzukommen. Wenn Albert und ich über einen scharlachroten Unterrock plaudern, dann nur als Symbol unserer eigenen fernen Jugend. O köstlicher Anblick! – das helle, leuchtende Rot, der Rock, der darüber herabhing und den hübschen kleinen Fuß und Knöchel nicht allzu sehr verbarg, die teure Zouave-Jacke, die sich so zart an den überzeugenden, ihn umschließenden Arm schmiegte –“

„Dudley! Ich muss Sie wirklich in Erinnerung rufen“, sagte Frau Albert. „Wir haben über eine ganz andere Sache gesprochen. Ich stecke in einem sehr ernsten Dilemma. Erstens, wie ich Ihnen erklärt habe, um dem Herrn eine Freude zu machen. Frau Coon-Alwyn I. wurde eine der Vizepräsidentinnen der Friendly Divided Rock Association. Sie wissen, wie nützlich sie sein kann, wenn es darum geht, Ermyntrude erfolgreich herauszubringen. Und natürlich *wusste* jeder , dass wir sie niemals *tragen sollten*, selbst wenn wir sie *herstellen ließen* . Das kam *überhaupt* nicht in Frage.“

"Und dann?" fragte Onkel Dudley.

„Na dann mal sehen – ja, als nächstes kam die Neo-Dress-Improver League. Ich habe nie genau verstanden, was das Objekt war; Es war eine Art Abspaltung vom anderen, angeführt von der Gräfin von Wimps, und ich brauche Ihnen nicht zu sagen, dass sie für uns von größter *Bedeutung ist* , und mir blieb einfach *nichts anderes* übrig, als eine Patronin von ihr zu werden *Das*

. Sie waren in äußerst netter Gesellschaft – unter den Patroninnen befanden sich sieben oder acht hochrangige Damen, unsere Namen waren alle in wunderschönen kleinen vergoldeten Buchstaben zusammengedruckt – und Sie waren wirklich auf nichts festgelegt, was ich erkennen konnte. Nein – *das* war in Ordnung. Unter diesen Umständen sollte ich das Gleiche noch einmal tun. Nein, das Problem kam mit der Amalgamated Anti-Crinoline Confederacy. Da war ich meiner Meinung nach zu voreilig.“

„Das ist die Sache mit den Protestpostkarten, nicht wahr?“ fragte Onkel Dudley.

„Diese Besonderheit allein hätte mich warnen sollen“, antwortete Frau Albert verzweifelt. „Mein besserer Verstand hätte mir sagen müssen, dass Postkarten nicht mit Auserwähltheit vereinbar sind. Aber sehen Sie, die Einladungen wurden von der Autorin von *„Das Geheimnis des Straßensprinklers“* verschickt , und das erweckte bei mir den Eindruck, dass es literarisch sein sollte – Kultur und Kunst repräsentieren, wissen Sie; und das hat mich natürlich sehr gereizt.“

„Ich hatte immer Angst, dass deine literarischen Impulse mit dir durchgehen würden“, erklärte Onkel Dudley ernst.

„Es ist meine schwache Seite; Ich leugne es nicht“, antwortete seine Schwester. „Wenn es um Briefe und Autorenschaft und dergleichen geht, liegt es in meiner Natur, mitfühlend zu sein. Und außerdem war die Witwe Lady Thames-Ditton eine starke Befürworterin der Bewegung, und dem *konnte ich doch nicht* widerstehen, oder? Allerdings muss ich sagen, dass ich fast von Anfang an Bedenken hatte. Miss Wallaby sagte dem Rev. Mr Grayt - Scott, dass eine Dame, die sie kannte, einen ganzen Stapel oder mehr der Postkarten, die an einem Tag eintrafen, durchgesehen hatte, und neun Zehntel davon stammten aus Earl's Court.“

„Ja“, bemerkte Onkel Dudley, „ich glaube, ich habe gehört, dass die Postkarte an diesem Ort ihren höchsten literarischen Nutzen erreicht.“ Von diesem Zeitpunkt an haben sie versucht, die Preisträgerschaft zu erzwingen, wissen Sie.“

„Nun, Sie können sich vorstellen, wie ich mich gefühlt habe, als ich es hörte. Es ist schön und gut, literarisch zu sein – niemand ist sich dessen besser bewusst als ich – und es ist schön und gut, loyal zu sein – natürlich! Aber bei Earl's Court zieht man die Grenze – zumindest in diesem Teil davon. Ich sage ehrlich, dass es mir recht tut. Ich hätte es besser wissen sollen. Für eine Sache kann ich gar nicht genug dankbar sein: Ermyntrude hat keine Postkarte geschickt. Ein glücklicher Instinkt veranlasste mich, ihr zu sagen, dass es keine Eile gäbe – dass es mir nicht gefiel, wenn junge Mädchen in solchen

Dingen zu voreilig waren. Und jetzt – warum – wer weiß – Dudley! Ich habe eine Idee! Ermie soll der Crinoline Defense League beitreten!"

„Ich verstehe – die Familie wird sich in der Krinoline-Frage absichern. Hauptstadt!"

„Wissen Sie, schließlich müssen wir sie vielleicht tragen. Es ist genauso wahrscheinlich wie nicht. Die alte Herzogin von West Ham ist Präsidentin der Liga und hat in den höchsten Kreisen großen Einfluss. Ich verstehe, dass Ihre Gnaden etwas schwankend *sind* , aber sie hat immer die strengste christliche Seriosität bewahrt, und ihr Handeln in dieser Angelegenheit wird von großer Bedeutung sein. Denken Sie nur, ob sie vielleicht Gefallen an Ermyntrude finden sollte! Dass Miss Wallaby sich so weit vorgekämpft hat, bis sie tatsächlich Mitglied des Rates ist, und dass sie eine Ansprache zum Thema „Die Auswirkung von Bescheidenheit auf die nationale Moral" halten wird. Sie erzählte unserem Pfarrer, dass sie bei einer der Ratssitzungen um ein Haar der Herzogin selbst vorgestellt worden wäre. Wenn *sie* das alles schaffen kann, sollte Ermie sicherlich noch mehr können. Sag mir, Dudley, was denkst *du* ?"

„Ich glaube", antwortete Onkel Dudley nachdenklich, „ich glaube, dass der scharlachrote Unterrock *mit* der Zuavenjacke –"

Frau Albert unterbrach ihn streng. „Siehst du denn nicht", forderte sie, „dass, wenn es *tatsächlich* kommt, das liebe Mädchen an dem Verdienst teilhaben wird, es hereingebracht zu haben, und wenn es nicht kommt, werde ich den Vorteil haben, dabei geholfen zu haben, es abzuwehren." aus. Welche Seite auch immer gewinnt, da sind wir."

Onkel Dudley stand auf, schaute nachdenklich in den Nebel hinaus und strich sich in langsamer Meditation seinen großen weißen Schnurrbart. „Ja – zweifellos", sagte er schließlich, „da sind wir."

Umgang mit den Täuschungen der Natur und der Freiheit von der Illusion, die dem Unnatürlichen innewohnt

Es war einmal eine Frau – offensichtlich eine nachdenkliche Frau –, die bemerkte, dass sie bemerkt hatte, dass sie, wenn sie es schaffte, bis Freitag zu leben, ausnahmslos den Rest der Woche überlebte. Ich selbst kannte diese Philosophin nicht, die in einer von Roscoe Conklings Reden in die Geschichte eingegangen ist, aber ihre Entdeckung erinnert mich immer wieder an diese Jahreszeit, wenn der Februar beginnt, den trüben nebelverhangenes und zitterndes London. Aha! Wenn wir bisher gewonnen haben, wenn wir es geschafft haben, den Februar zu erreichen, dann werden wir mit Sicherheit den Frühling erleben. Zumindest hat das eine bisher das andere miteinbezogen – und im Lächeln eines Mittagstages liegt ein zuversichtliches Versprechen, das wieder einmal in der Lage ist, einen Schatten zu werfen, auch wenn die Zähne des Ostwinds dicht hinter diesem Lächeln glänzen.

Es war ein Tag für einen Spaziergang – kein fester und fröhlicher Landgang, mit Pfeife und Brieftasche und einer hilfreichen Federung unter den Füßen auf der sauberen, harten Straße und einem ehrlichen, gut ausbalancierten Stock für die Glocken läutenden Herren, die auf Rädern von hinten auf Sie zukommen – sondern nur ein ordentlicher, besinnlicher Stadtspaziergang, zügig genug, um sich zu wärmen, aber ohne Eile und vor allem ohne Ziel. Und es war außerdem ein Tag, an dem man seine Mitmenschen ohne große Beachtung an sich vorübergehen ließ – eine wintergeplagte, schlurfende, schlammbefleckte Gesellschaft, die sich bewusst war, dass sie überhaupt keine Betrachtung wert war – und stattdessen den Blick auf die Häuserfronten im Sonnenschein und die strahlenden Schornsteine und Ziegel darüber und die Zeichen des gesegneten, ungewohnten Blaus noch weiter oben richtete. Es bestand, das ist wahr, ein unbestreitbares Missverhältnis zwischen dem inneren Anblick dieser Dinge und dieser Freude des Herzens wegen ihnen. Bei genauerem Hinsehen konnte man erkennen, dass sie die Sonne nicht ernst nahmen und ihrerseits für die nächste Woche mehr Nebel erwarteten. Und weiter westlich, wo Stuck, Ziegel und Stein einem Parkgelände wichen, war auf den ersten Blick klar, dass die Bäume schlichtweg ungläubig waren.

Sie sagen, dass in Irland, wo das milde Klima in der Vergangenheit zu vielen Experimenten mit exotischen Gewächsen geführt hat, die Bäume, die nicht wirklich auf der Insel heimisch sind, keinen Sinn lernen, sondern Jahr für Jahr durch diesen Februarbetrug dazu verleitet werden, in großem Umfang Saft hervorzusprudeln und zarte Triebe, nur um von der eisigen Nachhand des März gepackt und eingeschrumpft zu werden. Der einheimische Baum kennt diesen Trick jedoch schon seit langem und begrüßt den Scheinfrühling mit einem markanten, wenn auch gut zugeknöpften Augenzwinkern. In der Region Kensington Park konnte man nicht sicher sein, ob die Bäume den Witz wirklich verstanden hatten. Im Großen und Ganzen ist es kein Humor Nachbarschaft . Aber auf keinen Fall ließen sie sich von vorzeitigen Knospen und Sprossen und ähnlichen Anzeichen von Albernheit täuschen. Jeder steife, exklusive, eintönige Stamm, der sich vor Ihnen erhob, jeder Abschnitt des braunen Spitzengeflechts aus Zweigen oben schien eine warnende Werbung zu sein: „Keine Verbindung zum Sonnenschein auf der anderen Seite!"

Glücklicherweise zeigten die Blumenbeete mehr Mitgefühl. Durch den Schimmel hatten tapfere kleine Schneeglöckchen ihre hübschen Köpfe gesteckt, und die Krokusse zeigten, obwohl sie ihre geäderten Außenmäntel aus Schwefel , Lila und anderen Farbtönen immer noch fest umhüllten, fast eine prahlerische Miene, um zu zeigen, wie sehr sie sich zu Hause fühlten . Ermutigt durch diese Tapferkeit spähten weniger selbstbewusste Kerle hervor, wenn auch in einer so zögernden Art und Weise, dass man kaum erkennen konnte, ob es sich um eine Blauzwiebel, welche Narzisse oder einen herumlungernden Jonquil handelte. Trotzdem war es schön, sie zu sehen. Auch sie waren froh, dass sie bis Februar gelebt hatten, denn danach kommt der Frühling.

Und noch besser war es, als ich mich umdrehte, um weiterzuschlendern, zu sehen, wie auf dem Weg auf mich zukam, mit leicht schwingenden Schritten und wohlgeformtem Kopf weit in der Luft, niemand anders als unsere Ermyntrude.

Ich sage „unser", weil – es ist wirklich absurd, so darüber nachzudenken – es scheint, als wäre sie erst vor ein paar Monaten ein ausufernder Wildfang, ein kleines Mädchen, das auf meinen Knien saß und mir mit offenem Mund zuhörte Erinnerungen an persönliche Begegnungen mit Einhörnern und dem Giganten der Heiligen Schrift. Jetzt muss sie es sein – bei George! das *ist* sie – keine Minute unter zweiundzwanzig. Und das bedeutet – *hélas!* es bedeutet zweifellos – dass ich tatsächlich ein alter Junge werde. Zur Weihnachtszeit – ich erinnere mich jetzt daran – sprach Frau Albert von mir als dem ältesten Freund der Familie. Es klang damals freundlich, und ich hatte eine besondere Freude an dem Lächeln, das Ermyntrude aufsetzte, als sie zusammen mit den anderen ihr Glas zu mir hob. Ich möchte nicht sagen, welche vagabundierenden Gedanken und Ambitionen dieses Lächeln nicht in meinem Kopf ausgelöst hat – und siehe da! Sie rühmten mich als einen liebenswürdigen älteren Freund des Fernbank-Haushalts. Kein Wunder, dass ich froh bin, bis Februar gelebt zu haben!

Ermyntrude hatte eine Notenrolle in ihren Händen. Auf ihren Wangen lag ein bezaubernder Glanz und in ihren Augen ein gesundes, glückliches Funkeln. Sie blieb kurz vor mir stehen, mit einem kleinen Ausruf der nicht unzufriedenen Überraschung!

„Wie schön, dich so zu treffen", sagte sie gut gelaunt. „Wir dachten, du wärst wohl wegen deiner Erkältung an die Riviera oder nach Algier oder irgendwohin gefahren. Mama hat erst gestern von dir gesprochen – in der Hoffnung, dass du auf dich aufpasst."

„Hatte ich eine Erkältung?" Ich fragte geistesabwesend. Die Luft war kühler geworden. Wir gingen zusammen entlang und sie ließ mich die Musik tragen.

„Oh, du hast noch nicht gehört", rief sie plötzlich, „solche Neuigkeiten, die ich für dich habe! Das konnte man nie erraten!"

„Hat es etwas mit Krinoline zu tun?" Ich habe nachgefragt. „Deine Mutter hat es erzählt

"Müll!" sagte Ermyntrude fröhlich. "Ich bin verlobt!"

Der Wind hatte stark auf Ost gedreht und ich habe meinen Mantel am Kragen zugemacht. „Ich bin sicher", bemerkte ich schließlich , „ ich bin sicher, ich gratuliere – dem glücklichen jungen Mann." Kenne ich ihn?"

„Das glaube ich kaum", antwortete sie. „Sehen Sie, es ist – man könnte es als ziemlich plötzlich bezeichnen. Wir selbst kennen ihn noch nicht sehr lange – zumindest nicht näher. Vielleicht haben Sie seinen Namen gehört – der Ehrenwerte Knobbeleigh Jones. Es ist eine sehr alte Familie, obwohl der Titel etwas neu ist. Sein Vater ist Lord Skillyduff , wissen Sie."

„Der Spediteur ? " sagte ich müde.

"Ja. Er und Papa sitzen zusammen in irgendeinem Gremium. So haben wir sie kennengelernt. Papa sagt, er habe noch nie zuvor gesehen, dass ein Mann so viel Geschäftstalent und so viel Wert vereinen würde – ich spreche vom Vater, wissen Sie? Er begann sein Leben recht klein, mit nur ein paar Schiffen, die er mietete, oder so etwas in der Art. Dann gab es einen Krieg an einer Küste in Afrika oder Australien – er beginnt mit einem A, ich weiß – oh, *gibt* es einen Ort namens Ashantee? – ja, das ist es – und er bekam den Auftrag, vier Schiffsladungen Heu dorthin zu bringen unsere Truppen – es wäre doch für ihre Pferde, nicht wahr?"

„Ja: Die Ärsche, die mit dem Militärzweig verbunden sind, werden zu Hause gebraucht – oder werden zumindest dort aufbewahrt."

„Nun, nachdem er angefangen hatte, bekam er den Befehl, irgendwo anzuhalten und auf andere Befehle zu warten. Er tat es und wartete vier Jahre und acht Monate. Diese Befehle kamen nie. Das Heu verfaulte natürlich, die

Schiffe waren fast verschimmelt , und ich vermute, dass einige der Besatzungsmitglieder an Altersschwäche starben – aber Mr. Jones rührte sich nie von seinem Posten. Schließlich stieß ihn zufällig ein englischer Beamter an – ganz und gar! und so wurde er zurückgerufen. Papa sagt, nur sehr wenige Männer hätten eine solche Hartnäckigkeit und ein solches Verständnis für die Situation gezeigt. Mama sagt, seine Pflichttreue sei großartig."

„Großartig – ja", kommentierte ich; „Aber es war kein Krieg."

„Oh, Gott segne dich! *Damals gab* es keinen Krieg ", erklärte Ermyntrude. „Der Krieg war schon seit *Jahren* beendet . Und das alles, während die Bezahlung für den Transport des Heus lief, so dass die Regierung ihm etwas schuldete – ich glaube, es waren 45.000 Pfund. Natürlich bekam er weitere Verträge, und dann wurde er zum Baron ernannt und konnte seine eigenen Schiffe bauen; und jetzt ist er ein Lord, und Papa sagt, das Kriegsministerium wäre ohne ihn ziemlich hilflos."

„Und der Sohn", fragte ich; "was macht er?"

„Natürlich nichts!" sagte Ermyntrude und hob überrascht ein wenig ihre hübschen Brauen. „Er ist der älteste Sohn."

„Ich wusste es nicht, aber er hätte sich vielleicht für die Armee oder das Parlament oder so etwas entschieden", erklärte ich schwach, „nur um ihn zu beschäftigen."

Sie lächelte vor sich hin – etwas grimmig, dachte ich. „Nein", sagte sie und nahm ein ernstes Gesicht an, „er sagt, Dinge zu tun ist völliger Mist, wenn man nicht dazu verpflichtet ist. Natürlich geht er jagen und schießen und all das, und er hat ein Hausboot und eine Yacht, und ein Jahr lang war er in der All- Slumpshire- Elf, aber das war zu viel Mühe. Er hasst Ärger."

Wir waren jetzt auf die Straße gekommen und gingen eine Weile schweigend weiter.

„Ermie", sagte ich schließlich, „du darfst nicht böse auf mich sein – dies ist einer meiner sentimentalen Tage, und du weißt, als alter Freund der Familie habe ich ein gewisses Recht auf freie Meinungsäußerung – aber das tut es Scheint mir nicht ganz gut genug zu sein. Ein Mädchen wie Sie – schön, klug und gebildet, sich in Büchern auskennend und mit einem außergewöhnlichen Geschmack – es sollte bessere Aussichten für Sie geben als diese! Ich kenne so einen jungen Mann, und er ist überhaupt nicht in Ihrer Straße. Komm jetzt!" Ich nahm Mut und fuhr fort: „Schauen Sie mir ins Gesicht, wenn Sie können, und sagen Sie mir, dass Sie diesen jungen Mann aufrichtig lieben oder dass Sie seinen Vater wirklich respektieren oder dass Sie aufrichtig erwarten, glücklich zu sein." Ich fordere Sie heraus, es zu tun!"

Ich hab mich geirrt. Ermyntrude sah mir direkt und ohne zu zögern ins Gesicht. Sie hielt einen Moment inne, um dies zu tun, und ihr Blick war, wenn auch nicht unfreundlich, voller ernster Offenheit.

„Eines erwarte ich wirklich", sagte sie ruhig. „Ich erwarte, von Fernbank wegzukommen."

Anregungen zu Überlegungen, die möglicherweise bisher von Kommentatoren der Eigentumsgesetze übersehen wurden

„Sie finden Dudley oben in seiner Bibliothek", sagte Mrs. Albert im Flur. „Es tut mir *so* leid, dass ich ausgehen muss – aber er wird sich freuen, dich zu sehen. Und – lassen Sie mich Sie bitten, ermutigen Sie ihn nicht!"

"Was!" Ich rief: „Onkel Dudley ermutigen? Oh – niemals, niemals!"

„Nein, seien Sie einfach standhaft zu ihm", fuhr Frau Albert fort. „Sagen Sie, dass man keinen Moment daran denken darf. Und übrigens , es ist auch gut, Sie zu warnen: Fragen Sie ihn *nicht* , warum er das getan hat! Es scheint, dass ihn jeder das fragt – und er wird jetzt ziemlich wütend darüber, wenn diese spezielle Frage gestellt wird. Wahrscheinlich würde er etwas nach dir werfen." Sie sprach ernst, in tiefem, eindrucksvollem Ton.

„Wilde Pferde sollten es mir nicht entreißen", gelobte ich mir. „Ich werde ihn nicht ermutigen; ich werde ihn nicht erzürnen; Ich schwöre, ich werde ihn nicht fragen, warum er das getan hat. Aber – wenn es Ihnen nichts ausmacht – könnte ich sozusagen den Schock ertragen, zu erfahren, was er getan *hat* ?"

„Du hast es nicht gehört?" fragte Frau Albert und blickte mit erstauntem Gesicht zu mir auf, als ich auf der Treppe stand. Als ich den Kopf schüttelte, streckte sie ihre Hand nach der Klinke aus und öffnete die Tür, als wollte sie die dramatische Spannung erhöhen. Dann drehte sie sich um und sah mir mit feierlicher Aufmerksamkeit in die Augen. "Was hat er getan?" wiederholte sie mit hohler Stimme: „Geh nach oben und sieh nach!"

Die Tür schloss sich hinter ihr und ich ging lautlos zwei Schritte auf einmal in die darüber liegende Etage. Ein vages Gefühl der Katastrophe schien über der stillen, halberleuchteten Treppe und dem verlassenen Treppenabsatz zu schlummern. Ich klopfte an Onkel Dudleys Tür – fast darauf vorbereitet, dass mein Zeichen unbeantwortet blieb. Aber nein, seine Stimme erklang fröhlich genug, und ich betrat den Raum.

"Oh, du bist es!" sagte mein Freund und erhob sich von seinem Stuhl. „Freut mich, Sie zu sehen" – und wir schüttelten uns die Hand. Als ich so stand, starrte ich ihm mit einem unhöflichen und anhaltenden starren Blick ins Gesicht, unter dem er zuerst lächelte – ein seltsames, ungesundes Lächeln –, dann ein wenig rot wurde, dann ein finsteres Gesicht machte und seinen Blick abwandte.

„Großer Himmel!" rief ich schließlich aus. „Warum, lebendiger Mensch, was um alles in der Welt hat dich besessen …"

"Komm jetzt!" unterbrach Onkel Dudley mit entschiedener Strenge. „Lass es sein!"

„Ja – ich weiß" – ich stammelte zögernd – „ Ich habe versprochen, dich nicht zu fragen – aber –"

„Aber die ursprünglichen Affeninstinkte siegen über deine Vorsätze, nicht wahr?" sagte mein Freund knusprig. "Ja, ich weiß. Ich habe jetzt fast eine Woche davon. Ich schätze, diese Frage wurde mir seit letztem Donnerstag etwa sechshundertachtundsiebzig Mal gestellt. Es ist nur fair Ihnen gegenüber zu sagen, dass ich geschworen habe, den nächsten Mann zu schlagen, der mir diese dumme Frage stellt : „ Wofür haben Sie das getan?" – direkt unter seinem linken Ohr. Wahrscheinlich habe ich dir das Leben gerettet, indem ich dich unterbrochen habe."

Obwohl die Worte heftig waren, war im Ton eine deutliche Rückkehr der Freundlichkeit zu spüren. Ich nahm mir die Freiheit, eine Hand auf Onkel Dudleys Schulter zu legen und ihn zum Fenster zu führen.

„Lass uns einen guten Blick auf dich werfen", sagte ich.

"Ich habe es selbst gemacht; Ich habe es mit meinem kleinen Beil gemacht; Ich habe es getan, weil ich es wollte; Ich hatte ein Recht dazu; Ich würde es noch einmal tun, wenn mich der Anfall treffen würde …" So rannte Onkel Dudley mit gespielter Ernsthaftigkeit weiter, während ich sein Gesicht im grellen Licht musterte . „Und außerdem", fügte er hinzu, „ist es mir ein einziges Hurra im Hades egal, ob es Ihnen gefällt oder nicht."

„Ich denke, im Großen und Ganzen", überlegte ich laut , „ ja, ich glaube, es gefällt mir eher – jetzt, wo ich mich daran gewöhnt habe."

Onkel Dudleys Gesicht hellte sich augenblicklich auf. „Wirklich?" rief er und strahlte mich an. Trotz seiner angeblichen Gleichgültigkeit gegenüber meiner Meinung war es offensichtlich, dass ich ihm gefallen hatte.

„Setz dich", sagte er – „ hinter dir sind die Streichhölzer – ich hoffe, die sind nicht zu grün für dich." Ja, mein Junge, ich habe im Hühnerstall für ziemliches Flattern gesorgt, das kann ich dir sagen. Hat dir meine Schwester davon erzählt ? – Sie fiel fast in Ohnmacht, und die kleine Amy brach in lautes Buh-Rufen aus, als hätte sie ihre letzte Freundin verloren. Wenn du darüber nachdenkst, alter Mann, ist es wirklich zu lächerlich, weißt du?"

„Es hat sicherlich seine grotesken Aspekte", gab ich zu.

Onkel Dudley blickte scharf auf, als vermutete er, dass meine Worte eine ironische Bedeutung hätten. „Glauben Sie wirklich, dass es eine Verbesserung ist?" fragte er mit einem zweifelnden Unterton in seiner Stimme.

„Natürlich stellt es eine gewaltige Veränderung dar“, sagte ich diplomatisch, „und die Neuheit führt vielleicht dazu, dass das Urteil verwirrt wird: Aber ich muss gestehen, dass das Ergebnis – nun ja, sehr interessant ist.“

Mein Freund schien nicht ganz zufrieden zu sein. „Das zeigt, was für dumme Leute wir sind“, fuhr er dogmatisch fort. „So wie sie vorgegangen sind, könnte man meinen, ich hätte überhaupt keine Eigentumsrechte an der Sache – dass ich lediglich ein Treuhänder dafür war – verpflichtet, jedem Tom-Dick-und-Harry Rechenschaft abzulegen, der das tut kam daher und hatte nichts Besseres, mit dem er sich beschäftigen konnte. Und dann dieses ewige, leere, willenlose „Warum hast du das getan?“ Oh, das muss zu widerlich sein, um es in Worte zu fassen! Und die verdammte Vertrautheit der ganzen Sache! Hängen Sie mich, wenn selbst der kleine jüdische Zigarrenhändler unten an der Ecke sich nicht berechtigt fühlte, ein paar seiner Meinung nach freundliche Bemerkungen zu diesem Thema zu machen. „ Vy “, sagte er, „wenn ich vidout sagen könnte.“ vlattery , vot a haddsobe Blödsinn , du verstehst , und was hast du selbst gemacht?' Es geht einem Mann auf die Nerven, wissen Sie, solche Dinge.“

„Aber hat die Veränderung niemandem gefallen?“ Ich fragte.

Onkel Dudley seufzte. „Das ist das Schlimmste daran“, sagte er zweifelnd. „Nur zwei Männer haben gesagt, es gefiele ihnen – und zufällig sind sie beide Personen mit auffallend schwacher Intelligenz. Das spricht eher gegen mich, nicht wahr? Aber andererseits, wissen Sie, wird den Leuten, die in allen anderen Dingen am dümmsten sind, immer zugeschrieben, am meisten über Kunst und Schönheit und all das zu wissen. In einem Fall wie diesem, wage ich zu behaupten, ist ihr Urteil vielleicht besser als das aller anderen. Und was kümmert es *mich schließlich* ? Das ist der Punkt, den ich machen möchte: Es ist *meine* Sache und die von niemand anderem. Wenn ein Mann kein Urheberrecht an seinem eigenen persönlichen Erscheinungsbild hat, warum gibt es dann so etwas wie Eigentum nicht? Aber anstatt das anzuerkennen , kann jeder einfach herkommen und sagen: ‚Sie sehen aus wie ein Priester ohne Kutte‘ oder ‚Hallo!‘ noch ein arbeitsloser Einbrecher‘, und er ist ganz überrascht, wenn Sie nicht zeigen, dass Sie von der genialen Brillanz seiner Bemerkungen begeistert sind. Ich nehme an, es gibt keine andere Sache, bei der die Menschheit in so unhöfliche und unverschämte Aufdringlichkeit verfällt wie bei dieser.“

„Es *ist* erbärmlich“, gab ich zu – „ aber – aber es wird bald wieder wachsen.“

Onkel Dudley lachte bitter. „Bei Gott“, rief er, „ich bin mehr als halb im Sinn, es nicht zuzulassen. Es würde ihnen recht tun, wenn ich es nicht täte. Warum, wissen Sie – Sie werden es kaum glauben! Meine Schwester veranstaltete hier am Samstagabend eine Dinnerparty, und nachdem ich es getan hatte, sagte sie die Einladungen ab – eine Ausrede wegen eines

Familienverlusts – eines Trauerfalls, mein Junge. Nun, wissen Sie, eine solche Behandlung stärkt den Mut eines Mannes. Ich habe das Recht, es zu verübeln. Und außerdem – weißt du – macht es natürlich eine große Veränderung – aber irgendwie habe ich das Gefühl, wenn man sich daran gewöhnt – komm schon – der gerade Greif, wie man sagt – was denkst *du* ?"

„Ich schwöre, Sie nicht zu ermutigen", antwortete ich.

"Hier hast du es!" rief Onkel Dudley: „Die alte tyrannische Verschwörung gegen das Ungewöhnliche, das Individuelle, das Wahre!" Niemand soll es wagen, er selbst zu sein! Lasst uns Einheitlichkeit haben, wenn alles andere untergeht. Die Rahmen müssen in der Royal Academy gleich sein, das ist das Tolle; Die Bilder sind nicht so wichtig. Sie sehen, wie unsere Frauen sich jetzt, in diesem Monat, darauf vorbereiten, sich in hässliche Reifen zu hüllen, die sie hassen, auf Geheiß dessen, von dem sie nicht wissen, wem, denn wenn sie es nicht täten, wäre die abscheuliche Möglichkeit, dass eine Frau anders wäre als die andere, gegeben Frau würde das Land verdunkeln. Einem Mann darf nicht das erbärmliche Privileg gewährt werden, seinen eigenen Mund zu sehen, nicht einmal alle fünfzehn Jahre, nur weil es die Menge vorübergehend in ihren Vorstellungen darüber stört, wie er auszusehen pflegt! Was für ein Blödsinn das ist!"

„Das *ist* Quatsch", stimmte ich zu – „ und Sie reden es. " Deine Schwester, die in Ohnmacht fiel, deine Nichte, die weinte, deine Freunde, die schmerzerfüllt ihren Blick abwandten, die Scharen von Gelegenheitsidioten, die fragten, warum du das getan hast, der freundliche kleine jüdische Zigarrenmann, der in Wehklagen ausbrach – das sind die Geschworenen der Welt. Sie haben Sie verurteilt – traurig, aber entschieden. Sie selbst erkennen trotz all Ihrer Tapferkeit die Abscheulichkeit Ihres Verbrechens. Du bist insgeheim beschämt, reuig, reuig. Ich antworte für dich – du wirst es nie wieder tun."

„Und doch ist es auch kein so böser Mund", überlegte Onkel Dudley mit einem verweilenden Blick auf den Spiegel über dem Kaminsims. „Es gibt Humor , Feinheit der Wahrnehmung, Zuneigung, Sanftmut – so viele schöne Eigenschaften, die alle vorher verborgen blieben. Die Welt sollte die Offenbarung begrüßen – und sie wirft stattdessen mit Steinen. Na ja! – geben Sie die Streichhölzer ab – lassen Sie uns dem Unvermeidlichen anmutig nachgeben! Es wird wieder wachsen."

„ Frau Albert wird sich sehr freuen", bemerkte ich.

———

Erzählt vom Scheitern eines loyalen Versuchs, Widrigkeiten mithilfe moderner Geräte zu umgehen

Wenn sein Name Jabez wäre, warum wurde uns das nicht gesagt, würde ich gerne wissen?" fragte Frau Albert von mir mit einem kurzen Aufblitzen in ihrem müden Blick. „Welches Recht hatten die Zeitungen, ihn Jahr für Jahr J. Spencer zu nennen, während er die Unschuldigen täuschte und sich an den Körpern seiner Betrüger mästete? Allerdings sprechen sie jetzt, da die Maske abgenommen wurde und er geflohen ist, immer von ihm als Jabez. Warum haben sie es nicht schon früher getan, während ehrliche Menschen vielleicht trotzdem gewarnt worden wären? Aber nein – das haben sie nie getan – und jetzt ist es zu spät – zu spät!"

Die Stimme der armen Dame brach bei dieser wiederholten Klage erbärmlich. Sie senkte den Kopf, und als ich mit schmerzlichem Mitgefühl auf den gesenkten Winkel ihres stolzen Gesichts blickte, konnte ich sehen, wie die Schatten um ihre Lippen zitterten.

Es war in der Tat eine traurige Geschichte, der ich zugehört hatte – hier in einer einsamen Ecke der klösterlichen, schwach beleuchteten Einsamkeit des großen Salons in Fernbank. Es war keine neue Geschichte. Kensington kennt es seit einer Generation auswendig. Bloomsbury lernte es schon früher, und davor war es in Soho bekannt – in den alten Zeiten, als der zerzauste Adel des Golden Square um die Chance kämpfte, die Südseeaktie des genialen John Law zu kaufen. Und selbst dann war das Erlebnis eine alte und halb vergessene Erinnerung an Bishopsgate und die Minories . Es war die alte, alte Tragödie zerbrochener Schicksale.

Frau Albert war sich darüber im Klaren, dass alles mit den Liberator-Problemen begann. Ich hatte meine eigene Vorstellung, dass sich Herr Albert Grundy auf dünnem Eis bewegte, bevor die Bausparkassen zusammenbrachen. Wie dem auch sei, es bestand kein Zweifel daran, dass die sich häufenden australischen Katastrophen das Geschäft beendet hatten. Es gab melancholische Details in ihrem Vortrag, bei denen mir der Mut fehlt, näher darauf einzugehen. Das Pferd und der Brougham waren verschwunden; Der Pachtvertrag für Fernbank selbst wurde zum Verkauf angeboten, auf Wunsch auch mit Besitz vor Michaelis. Ermyntrudes Verlobung war so gut wie gescheitert.

„Es wird kein Bankrott sein", sagte Frau Albert, hob ihr Gesicht und blinzelte resolut die Feuchtigkeit von ihren Wimpern. „Dem werden wir entkommen – aber zumindest im Moment muss ich meine Position in der Gesellschaft aufgeben. Dudley ist heute vorbei und schaut sich ein kleines Haus in Highgate an, obwohl Albert glaubt, dass er Sydenham bevorzugen würde. Meiner Meinung nach wäre ein Ort, von dem aus man über King's

Cross oder St. Paneras anreisen könnte , am besten. Man trifft dort nie
jemanden, den man kennt. Wenn sich die Lage dann wieder beruhigt, was
natürlich der Fall sein wird, könnten wir hierher zurückkehren – zumindest
in diese Nachbarschaft – und beiläufig erwähnen, dass wir auf unserem
Landsitz waren – natürlich wegen der Kinder. Und Floribel *ist* empfindlich,
wissen Sie."

„Na ja", sagte ich und versuchte, meinen Ton heiterer zu gestalten, „so ist es
ja doch nicht . Und Sie sind – Albert fühlt – sehr zuversichtlich, dass die
Dinge wieder gut werden?"

Das zustimmende Nicken meines Freundes zeugte von einer gewissen
qualifizierenden Zweifelhaftigkeit. „Ja, wir sind hoffnungsvoll", sagte sie.
„Aber vor zwei Wochen fühlte ich mich geradezu zuversichtlich. Niemand
hat jemals härter gearbeitet als ich, um Erfolg zu haben . Ich bin nur durch
groben Verrat gescheitert – und zwar durch genau die Menschen, von denen
ich nie, *nie* hätte glauben können. Wenn man feststellt, dass die Aristokratie
offen von Söldnermotiven gelenkt wird, wie ich es im letzten Monat getan
habe, fragt man sich fast, wozu die britische Nation kommt!"

"Liebe mich!" Ich rief: „Ist es so schlimm?"

„Das müssen Sie selbst beurteilen", sagte Frau Albert ernst. „Sie wissen, dass
ich ziemlich früh im Frühjahr das Loyal Ladies' Namesake Committee of
Kensington gegründet habe . Ich rühme mich nicht damit, zu sagen, dass ich
es von Anfang an wirklich organisiert habe . Die Idee war meine; praktisch
die gesamte Arbeit lag bei mir. Aber wenn man sich darum bemüht, ein so
großes Ideal zu verwirklichen , verliert man oft die kleinen Details aus den
Augen. Ich hätte es besser wissen sollen – aber ich hatte eine Schlange an
meiner Brust. Ich war schwach genug, dieses Denkmal der Doppelzüngigkeit
und der interessierten Motive mit mir in das Unternehmen einzubeziehen –
den Hon. Frau Coon-Alwyn. Sie hatte nicht einmal einen Anfangsbrief, der
sie dazu berechtigen würde, dazuzugehören …"

„Ich bin mir nicht sicher, ob ich Ihnen folge", warf ich ein. „Ladies'
Namesake Committee – Anfangsbuchstabe – ich scheine die Idee nicht zu
begreifen."

„Es ist ganz einfach", erklärte Frau Albert. „Die Idee war, dass sich alle
Damen – unser Team, die ‚May' hießen – zusammenschließen und ein
Geschenk abonnieren sollten."

„Aber Ihr Name ist Emily", drängte ich gedankenlos.

„Oh, wir haben es nicht ganz wörtlich genommen", sagte Frau Albert; „Das
konnte nicht sein, wissen Sie. Es hätte einige unserer besten Leute
ausgeschlossen. Aber ich kam dem Standard tatsächlich sehr nahe. Mein

zweiter Name ist Madge. Nehmen Sie die ersten beiden Buchstaben davon und das „y" von Emily, und schon haben Sie es. Oh, ich versichere Ihnen, nur sehr wenige kamen dem auch nur annähernd so nahe – und wie ich damals zu Dudley sagte, wenn Sie darüber nachdenken, ist nicht einmal *ihr* Name *wirklich* May. Es ist nur eine populäre Abkürzung. Aber dieser Schatz. Frau Coon-Alwyn, sie hatte überhaupt kein Recht darauf, dazuzugehören. Ihr Name ist Hester Winifred Edith. Sie hat nicht einmal einen *Buchstaben* richtig!"

„Ah, das war tatsächlich Verrat!" Ich habe ejakuliert.

„Oh nein, das habe ich nicht gemeint", stellte Mrs. Albert mich richtig. „Natürlich kannte ich ihre Namen. Ich hatte sie jahrelang im „Peerage" gesehen. Es war das, was sie nach ihrem Auftritt tat, was sie mit Schande überhäufte. Aber ich werde die Ereignisse in ihrer Reihenfolge erzählen. Zuerst haben wir 1100 £ gesammelt. Natürlich war unser eigener Beitrag nicht groß, aber Ermyntrude und ich durchsuchten die verschiedenen Kirchenbücher – wir reden nicht darüber, aber sogar die nonkonformistischen, die wir durchgingen – und wir fanden eine enorme Anzahl christlicher Namen, mehr oder weniger was war erwünscht, und unsere Rundschreiben wurden an *alle* in nah und fern verschickt. Wie gesagt, wir haben ganze 1100 £ gesammelt. Dann kam die Frage nach dem Geschenk."

Frau Albert sprach diesen letzten Satz mit so bewusster Feierlichkeit, dass ich mich verneigte, um zu zeigen, dass ich mir seiner Bedeutung bewusst war.

„Ja", fuhr sie fort, „die Auswahl des Geschenks. Jetzt hatte ich ein höchst passendes und nützliches Geschenk im Sinn. Haben Sie schon vom Oboid - Ölmotor gehört? NEIN? Nun, es ist eine amerikanische Erfindung und wurde von einem Amerikaner hierher gebracht, der die europäischen Rechte vom Erfinder gekauft hat. Er ist im Nachbargebäude von Albert, in der City , und sie treffen sich fast jeden Tag beim Mittagessen und haben eine ziemliche Freundschaft entwickelt. Er verfügt über Verbindungen, die für Albert von *größter Bedeutung* sein könnten , und wenn Albert ihm bei der Einführung dieser Maschine nur behilflich gewesen wäre, wäre buchstäblich *nicht abzusehen* , was dabei herausgekommen wäre. Albert *sagt* nicht , dass eine Partnerschaft daraus geworden wäre, aber ich kann es in seinem Gesicht lesen."

„Aber wäre ein Ölmotor – unter den gegebenen Umständen – Sie wissen, was ich meine –" gewesen, begann ich.

„Oh, *am besten* geeignet!" antwortete Frau Albert überzeugt. „Es scheint wirklich eine sehr überraschende Maschine zu sein. Nachdem es einmal gekauft wurde, ist die Billigkeit, es zu betreiben, einfach *absurd* . Es erledigt alle möglichen Dinge ohne nennenswerten Aufwand – alles, was Sie von ihm erwarten. Wenn es damals erfunden worden wäre, hätten die Pyramiden in Ägypten offenbar zu etwa 130 Prozent damit gebaut werden können, also zu weniger, als ihre Kosten schätzungsweise betragen hätten – oder so ähnlich. Oh, es ist ziemlich außergewöhnlich, das versichere ich Ihnen. Albert sagt, er könnte stundenlang zusehen, wie es arbeitet – vor allem, wenn er Interesse an der Firma hätte."

„Aber ich hatte im Moment noch nicht gehört, dass es neue Pläne für eine Pyramide gab – obwohl Shaw-Lefevre, wenn ich so darüber nachdenke, tatsächlich ein Projekt für die Westminster Abbey hatte, das –"

„Nein, nein!" unterbrach Frau Albert. „Eine der größten Einsatzmöglichkeiten des Motors liegt in der Landwirtschaft. Er macht *alles* – drischt, erntet, mäht, melkt – oder nein, nicht das, aber fast *alles* . Kein Bauer, der etwas auf sich hält, träumt davon, ohne ihn auszukommen – natürlich nur, wenn er davon weiß. Sie können sehen, was es bedeutet hätte, wenn man auf der Fürstenfarm in Sandringham öffentlich auf diese Weise vorgestellt worden wäre. Ganz England hätte mit Forderungen nach dem Oboid geklingelt – und Albert ist sicher, dass der Amerikaner dankbar gewesen wäre – und – und – dann hätten wir Fernbank vielleicht überhaupt nicht verlassen müssen."

Meine arme Freundin schüttelte bei dem Gedanken traurig den Kopf

„Und der Hon. Frau Coon-Alwyn?" Ich fragte.

Das Feuer kam wieder in Frau Alberts Auge. „Diese Frau", sagte sie mit bitterer Ruhe, „schämte sich ganz und gar nicht, dieser loyalen und rein patriotischen Vereinigung ihre eigenen Söldner- und Eigennützigkeitspläne aufzuzwingen." Sie tat es fast offen. Sie intrigierte hinter meinem Rücken ganze Straßenzüge voller Menschen, die man bei gewöhnlichen Anlässen kaum kennen würde, stattete ihnen in einer Kutsche Besuche ab, stellte für diesen Anlass ein leuchtendes neues Wappen auf, freundete sich mit ihnen an, versprach ihnen Gott weiß was, Und tatsächlich sicherte ich mir neunzehn Stimmen gegenüber meinen dreien für den Kauf eines verschimmelten alten Wandteppichs – ich glaube, das Thema handelt von der Begegnung zwischen Richard III. und Oliver Cromwell auf dem Schlachtfeld –, der der Familie ihres Mannes gehörte. Natürlich sind meine Lippen verschlossen, aber mir wurde *gesagt* , dass es bei Christie's kaum 100 Pfund eingebracht hätte. Ich sage selbst nichts, aber ich kann nicht verhindern, dass Leute bestimmte Abzüge ziehen, oder? Und wenn ich darüber nachdenke, dass ihre beiden aktivsten Unterstützer in diesem schändlichen Geschäft Lady Thames-Ditton waren – deren finanzielle Schwierigkeiten berüchtigt sind – und die Countess of Wimps – deren Handwerker – nun, *darauf wollen wir nicht näher eingehen* –, dann ist das schon zwingend Es stellt sich die Frage, ob das Gefüge der britischen Gesellschaft nicht an ihrer Spitze untergraben wird. In der Tageszeitung habe ich gelesen, dass der Hon. Mrs. Coon-Alwyn hat eine Yacht gemietet und wird den Sommer in norwegischen Gewässern verbringen – während wir – wir –"

Die Tür öffnete sich und wir konnten im Dämmerlicht die behagliche Gestalt von Onkel Dudley erkennen. Er wischte sich die Stirn und atmete schwer von seinem langen Spaziergang, als er vorwärts ging.

"Also?" Frau Albert fragte traurig und gedämpft: „Haben Sie den Ort gesehen?"

„In den beiden oberen Stockwerken gibt es fünf Schlafzimmer", antwortete er, „aber es gibt kein Badezimmer, und der Bus kommt nicht im Umkreis von vier Straßen um das Haus herum."

<hr>

Wir stellen Szenen aus einem fremden Land vor und vermitteln willkommene Informationen sowie einige Anweisungen

ich in einem kleinen Dorf hoch oben an einer der zum Brocken hinaufführenden Kutschenstraßen ein Telegramm von Onkel Dudley. Es war nett von ihm, darüber nachzudenken – umso mehr, als er gute Neuigkeiten zu erzählen hatte. „Familie steht wieder auf den Beinen", hieß es in der Nachricht, und ich war froh, daraus zu schließen, dass die Grundys ihr Unglück überstanden hatten und dass Mrs. Albert wieder sie selbst war.

Der Gedanke war voller Charme. Es kam mir vor, als wäre mir nie zuvor klar geworden , wie sehr ich diese guten Menschen liebte. Nüchtern betrachtet; Ich wage zu behaupten, dass ich mich während meines Urlaubs nicht viel mit ihren Nöten beschäftigt hatte. Aber jetzt, da ich in diesem liebevoll nachdenklichen Telegramm als ihr ältester Freund angesprochen wurde, als derjenige, den sie als erster an der Freude über ihren geretteten Zustand teilhaben lassen wollten, konnte ich mir leicht vorstellen, dass mein ganzer Urlaub vom Grübeln überschattet worden war über ihr Unglück.

Das war mir vorher nicht in den Sinn gekommen, aber das war zweifellos der Grund, warum mir der Harz in diesem Jahr nicht so gut gefallen hatte wie sonst. Als ich jetzt darüber nachdachte und den von Birken gesäumten Fußweg zum Weiler und zum Telegrafenamt hinunterging, kam es mir so vor, als hätte sich der Ort deutlich verbessert. In anderen Jahreszeiten, bevor das Gespenst der Cholera seine Waldgebiete mit einer einfallenden Horde Hamburger überschwemmte, war der Harzwald mein Lieblingsurlaubsort gewesen . Ich hatte die mit Tannen bewachsenen Hänge, die schattigen Täler und die Atmosphäre aus prähistorischen Mythen und Legenden liebgewonnen, als wäre ich Teil und Produkt von allem. Auch sein Volk war mir viel näher gekommen, als es irgendein anderer Deutscher je könnte. Ich hatte es genossen, mit ihnen zusammen zu sein, gerade weil sie das waren, wofür der örtliche Schulmeister sie verächtlich erklärte – *Erdzertrümmerungsprozeszuribekanntevolk* –, das heißt Menschen, die die wissenschaftlichen Theorien über geologische Umwälzungen und Vulkanformationen überhaupt nicht kannten und denen sie daher voller Freude vertrauen konnten die Kobolde, die diese seltsamen Felsbrocken in fantastischen Haufen auf jeder Hügelkuppe aufhäuften, und mit gutem Glauben die Schreie der Hexen zu hören, als sie über den Hexentanzplatz sprangen . Letztes Jahr schien es sogar die zusätzliche Unannehmlichkeit der wimmelnden Hamburger wert gewesen zu sein, wieder an diesem gesunden, süßen, primitiven Ort zu sein. Aber dieses Jahr war es nicht so angenehm gewesen, das wurde mir jetzt klar, als ich Onkel Dudleys Nachricht noch einmal durchsah. Der Hoteljunge Fritzchen , den ich Jahr für Jahr mit der Wärme eines väterlichen Gratulanten beobachtet hatte – der zufrieden über sein fröhliches Gesicht, seine geschäftige und kompetente Art und seine komischen Englischversuche lächelte –, war in dieser Saison zu einem Mann geworden ein stämmiger und konsequenter Lümmel mit einem strohfarbenen Spross auf der Oberlippe und einem militärischen Auftreten. Sie nannten ihn jetzt Fritz, und er gab mir Bier aus dem alten Fass, nachdem ich das Anzapfen des neuen Fasses gehört hatte.

Auch die abendlichen Zusammenkünfte der Dorfbewohner im Hotel waren nicht mehr so unterhaltsam wie früher. Der riesige, löwenmähnenhafte und stark überbärtige *Kantor* oder Musikmeister, der regelmäßig bei Einbruch der Dunkelheit kam, um mit seinem knüppelähnlichen Spazierstock auf den Tisch zu schlagen, leidenschaftliche Monologe über Religion und Politik zu brüllen und unaufhörlich zu brüllen Fritzchen für mehr Bier, hatte mich früher entzückt. Diesmal schien er nur ein lärmendes Ärgernis zu sein, und der Halbkreis ernster alter pensionierter Förster und *Jägeroffiziere mittleren Alters* , die ihn über ihre Pfeifen hinweg beobachteten und sich ab und zu vergeblich bemühten, ein Wort über die Versteigerung gefällter Bäume zu äußern in den Wäldern oder die aufständischen Tendenzen der Köhler, zeigten sich im Lichte lästiger Prigs. Wenn sie ihr Geld wert gewesen wären, hätten sie meiner Meinung nach den Kantor schon vor langer Zeit mit ihren Steingutbechern in den Schatten gestellt. Schon beim Gehen wurde mir bewusst, dass ein dreiwöchiger Aufenthalt im Harz eine Menge Zeit war und dass die verbleibende dritte Woche sicherlich an meinen Händen hängen würde.

Als ich die Telegrafenstation erreichte, hatte ich meine Antwort an Onkel Dudley im Kopf. Er mochte die eindringlichen Bilder von Australien und dem Fernen Westen; und ich würde zu diesem freudigen Zeitpunkt nach seinem eigenen Herzen zu ihm sprechen. Es schien mir, dass ich dies am besten erreichen konnte, indem ich ihm klar machte, dass ich seine Neuigkeit freute – dass ich, wie er es ausdrückte, „die Stadt rot anstrich". Es erforderte einiges an Einfallsreichtum, diese Idee richtig umzusetzen, aber schließlich schrieb ich, was den Zweck zu erfüllen schien: „ *Brocken und Umgebung . " sind roth gemalen* " – und reichte es dem Mann am Fenster.

Er war ein junger Mann mit kurzgeschnittenen gelben Haaren und einer Brille, der sein Kinn und seinen Hals sehr steif im hohen Kragen seiner Uniform hielt. Er warf einen Blick auf meine Depesche , zunächst mit nachlässiger Würde. Dann las er es noch einmal aufmerksam. Dann legte er es auf den Tisch und beugte sich mit seiner eng zugeknöpften Gestalt darüber, so gut es möglich war, einer strengen und langwierigen Prüfung zu unterziehen. Schließlich erhob er sich, warf mir durch seine Brille einen versteinerten Blick zu und schüttelte den Kopf .

„Das ist nicht wahr", sagte er. „ Jemand hat dich getäuscht."

„Aber", versuchte ich ihm zu erklären, während das kleine Deutsch, das ich kannte, angesichts dieser Krise in alle Richtungen zerstreute, „es ist eine Redensart, ein Witz, ein –"

Der Telegraphenmann starrte kalt auf meine glücklose Nachricht und dann auf mich. „Vielleicht möchten Sie Ihrem Freund sagen", schlug er vor, „dass sie aufgrund der Veränderung der Blätter so aussehen, als wären sie rot gefärbt ."

„Nein, nein", warf ich ein. „Es muss sein, dass sie gemalt *wurden* , gemalt *sind* , sonst wird er mich nicht verstehen."

„Aber, mein Herr", erwiderte der Telefonist mit Nachdruck, „sie sind *nicht* bemalt! Schauen Sie von der Tür aus! Was halten Sie von diesem Blödsinn, dass Brocken und Umgebung rot gestrichen sind?"

„Na ja", sagte ich müde, bedrückt von der Größe der Aufgabe, „ich weiß selbst nicht, wie ich es ausdrücken soll, aber Sie können es für mich regeln." Sagen Sie einfach, dass ich sie rot anmalen werde – das reicht genauso gut.

„Aber das sollst du nicht! Es ist verboten!" rief der Beamte, hielt sich wie ein Schürhaken und strahlte Heftigkeit durch seine Brille. „Es ist strengstens verboten! Wenn du einen Pinselstrich machst, gehst du schnell ins Gefängnis. In Deutschland haben wir für die natürliche Schönheit Respekt – auch Gesetze."

Widerstrebend, aber notwendigerweise, gab ich die Metapher auf und telegrafierte demütig auf Englisch an Onkel Dudley in seinem Club, dass ich sehr froh sei. Noch während mein Stift bei diesem Wort „froh" unentschlossen auf dem Papier klebte, stieg in mir der Drang auf, hinzuzufügen: „ *Müde vom Harz.* " *Ich komme sofort zurück .*"

„Wenn das Gleiche hier ist", bemerkte der Telefonist, während er trübsinnig die unbekannten Worte studierte, „wird es in Brunswick aufhören."

Ich übersetzte es für ihn und fügte hinzu: „Von hier aus gehe ich nach Hause, um dort zu sein, wo die Beamten ihren eigenen Geschäftssinn verfolgen."

Er nickte, nicht unfreundlich , und antwortete, als er mir mein Wechselgeld überreichte: „Ja, ich weiß: England. Die dortigen Beamten kümmern sich also um ihre eigenen Angelegenheiten, dass Balfour problemlos nach Argentinien kommt."

Als ich wieder den Hang hinaufging, ganz fasziniert von der Faszination des morgigen Heimflugs, begegnete ich an der Wegbiegung einer Familiengruppe – Vater, Mutter und zwei Mädchen im jüngeren Teenageralter –, die am felsigen Abstellgleis saßen und zusahen mit der üblichen Miene der

Niedergeschlagenheit auf einer unheilvollen Reihe von Taschen und Handkoffern zu ihren Füßen. Die Vorstellung, sie seien Hamburger, wurde tot geboren. Es wurde nie etwas offensichtlich Undeutscheres als diese Wanderer gesehen.

„Ich hoffe, Sir", sagte der Mann, als ich näher kam, „dass ich Recht habe, wenn ich annehme, dass Sie Englisch sprechen!"

Ich verneigte mich zustimmend, und während ich das tat, erkannte ich ihn. „Ich hoffe, *ich* habe recht", antwortete ich, „wenn ich denke, dass ich Sie schon einmal getroffen habe – bei Mr. Albert Grundy in London –, Sie sind der amerikanische Gentleman mit der Oboid -Ölmaschine, nicht wahr?"

„Na ja, bei George!" rief er, erhob sich, reichte mir voller Freude die Hand und stellte mich mit einer einzigen, umfassenden Wink seiner Frau und seinen Töchtern vor. „Ja, Sir", fuhr er fort, „und ich wünschte, ich hätte jetzt einen Oboiden hier – oben im Keller dieser steinernen Pension auf dem Hügel dort – nur zum Heizen und zum Schließen der Ventile , und das ganze verdammte Ding in die Luft jagen. Das würde mir bis zum Boden passen, Sir."

„Waren hier Fremde, Sir", antwortete er auf meine Frage: „Wir hatten viele Holländer zu Hause gesehen – ich meine bei *uns zu Hause – und wir dachten, wir würden sie* uns gerne einmal ansehen." der Ort, von dem sie kommen. Nun, Sir, wir haben es uns angesehen und sind zufrieden. Wir wollen nichts mehr auf unserem Teller haben, danke. Eine Portion ist eine elegante Genugtuung. Kennst du den Streich, den sie uns gespielt haben? Ich habe gestern ein Pferdegespann von einem Ort namens Ibsenburg oder Ilsenburg oder so ähnlich mitgenommen und meinem Fahrer erklären lassen, dass er uns dort auf den Brocken bringen und die ganze Nacht anhalten sollte , und hol uns heute Morgen zurück. Als wir dort bis Shierke ankamen , wurde es schon ziemlich dunkel und die Frauen waren nervös, und so legten wir uns für die Nacht nieder. Dem Fahrer schien nichts anderes übrig zu bleiben, als in der Küche herumzusitzen und Bier zu trinken, und dafür brauchte er Geld, und so gab ich ihm loses Silber und sagte ihm, er solle es sich gemütlich machen. Die Wörter dafür haben wir einem Wörterbuch entnommen – *machen sie selbst* „*Zu Heim*" haben wir herausgefunden – und ich sprach sie langsam und deutlich auf ihn ein, so dass er keine irdische Entschuldigung hatte, es nicht zu verstehen. Aber können Sie es glauben, Sir, dieser elende Kerl ist einfach aufgestanden und mit Pferden, Rigg und allem rausgesprungen, während wir gerade zu Abend gegessen haben! Und hier waren wir heute Morgen, hoch und trocken gelandet. Keine Übermittlung, niemand, der ein Wort Englisch versteht, nichts. Wir haben noch nicht einmal den Gipfel ihres verdammten Berges gesehen."

„Worum ich mir mehr Sorgen mache, sage ich Wilbur ", warf die Dame ein, „ist, der Sache auf den Grund zu gehen. Wenn sie nur klug genug gewesen wären, Koffer und Motorhaubenboxen kugelförmig zu machen, hätten wir sie rollen können bergab ."

„Da wird es keine Probleme geben", versicherte ich ihnen, und wir unterhielten uns ein wenig darüber, wie einfach es ist, ihr Gepäck ins Dorf zu bringen und dort ein Fahrzeug zu finden. Tatsächlich stimmte ich noch am selben Nachmittag zu, einer ihrer Mitstreiter beim Verlassen des Harzes beizutreten.

„Und jetzt erzähl mir von den Grundys ", drängte ich, als diese dringenderen Angelegenheiten erledigt waren. „Heute habe ich ein Telegramm erhalten, in dem steht, dass sie wieder einmal auf dem Weg zum Glück sind."

"Ist das so?" rief der Amerikaner überrascht und erfreut zugleich aus. "Freut mich, das zu hören. Ich kann nicht erraten, woran es liegen könnte. Grundy hat so viele Eisen im Feuer – manche weißglühend, manche lauwarm, manche durch und durch frostig –, dass man es nie sagen kann. Das Komische ist – er kann es sich selbst nicht sagen. Nun, Sir, Ihre Männer in der City of London wissen nicht mehr über Geschäfte als ein ungeborenes Baby. Wenn sie in New York wären , würden ihnen mit einem Lammschwanzschlag die Augenzähne aus dem Kopf gehäutet werden. Wir melken sie schon seit einem Dutzend Jahren trocken. Und doch, wissen Sie, irgendwie –"

"Irgendwie-?" wiederholte ich ermutigend.

„Nun, Sir, irgendwie – das ist das Seltsame daran – bleiben sie nicht gemolken."

Offenlegung des von der Essex-Küste ausgeübten pädagogischen Einflusses und anderer Angelegenheiten, einschließlich Reasons for Joy

„Setz dich hier ans Feuer – nein, in den Sessel", sagte Ermyntrude mit einem Anflug von Fürsorge in ihrer freundlichen Stimme. „Mama wird erst in einer halben Stunde zu Hause sein und ich möchte ein nettes, ruhiges und ernstes Gespräch mit dir. Oh, es wird sehr ernst, und Sie müssen zunächst so tun, als wären Sie mindestens 150 Jahre alt."

„Das wird nicht so schwierig sein", antwortete ich, nicht ohne den Eindruck einer Verletzung. „Es wird nur ein paar Jahrzehnte zu der Ehrwürdigkeit beitragen, die ich in Ihren Augen immer zu besitzen scheine."

"Oh!" sagte Ermie und sah mich einen Moment lang fragend an. Dann setzte sie sich und blickte mit großer Beharrlichkeit in das Feuer. Ich wartete darauf, dass das nette, ernste Gespräch begann – und wartete lange.

„Nun, mein liebes Kind", unterbrach ich schließlich die Stille, „ich hoffte, der allererste zu sein, der deiner Mutter erzählte, wie sehr ich mich freute, euch alle wieder in Fernbank zu sehen. Aber mein elendes Rheuma – *in meinem Alter*, wissen Sie – –"

Ich achtete aufmerksam auf das geringste Anzeichen von Abneigung. Sie zuckte nicht mit der Wimper.

„Ja", begann sie plötzlich und blickte immer noch aufmerksam ins Feuer. „Papa hat sein ganzes Geld zurückbekommen und noch mehr. Das heißt, es ist nicht dasselbe Geld, sondern das von jemand anderem – ich weiß sicher nicht, von wem. Manchmal tun mir die anderen Menschen, wer auch immer sie sind, leid, die es uns überlassen mussten. Manchmal bin ich einfach so froh, wieder da zu sein, wo es warm ist, dass es mir egal ist."

„Der Feuerschein passt zu deinem Gesicht, Ermie", sagte ich und bemerkte mit der Freude, die meiner Position als ältester Freund der Familie angemessen war, wie süß der sanfte Glanz auf dem schönen, jungen, runden Hals und Kinn spielte und die kleinen Nasenlöcher berührte mit rosigem Licht.

„Zum Glück", fuhr sie fort, als hätte ich nichts gesagt, „haben einige Amerikaner das im September eingerichtete Haus drei Monate lang mitgenommen – ich glaube, ihr armen Seelen, dass sie glaubten, es sei die Londoner Saison – und so mussten wir nie eine Pause einlegen." und wir konnten rechtzeitig zurückkommen, damit Onkel Dudley alle seine Blumenzwiebeln pflanzen konnte. Sie scheinen sehr ruhige Menschen gewesen zu sein. Mama hatte so eine Vorstellung, dass sie auf dem

Tennisrasen mit bockenden Pferden üben und hier im Salon auf Flaschen und Tontauben schießen würden. Das Einzige, was wir feststellen konnten, war, den Ventilator im Esszimmer mit dickem Papier zu überkleben . Und doch erzählte ein Polizist unserem Mann, dass sie die ganze Nacht bei geöffneten Schlafzimmerfenstern geschlafen hätten. Merkwürdig, nicht wahr?"

„Ich mag es, eines dieser ‚netten, ruhigen, ernsten Gespräche' mit dir zu führen, Ermie", sagte ich.

Selbst dabei hob sie den Blick nicht vom Gitter. „Oh, seien Sie nicht ungeduldig – es wird ernst genug sein", warnte sie mich. „Sie sagen, wissen Sie, dass ertrinkende Menschen in einem einzigen Augenblick ganze Jahre voller Ereignisse, ganze Bücher voller Dinge sehen. Nun, ich bin seit sechs Monaten unter Wasser und – und – ich habe viel bemerkt."

"Ah! Gibt es in Clacton-on-Sea eine U-Boot-Beobachtungsstation? Wenn Sie davon sprechen, *habe ich* gehört, dass dort seltsame Fische untersucht werden."

„Keiner ist seltsamer als wir, mein lieber Freund, da können Sie sicher sein. Mama hatte Recht mit der Wahl des Ortes. Wir haben kein einziges Mal eine Menschenseele gesehen, die wir kannten. Natürlich ist es das Langweiligste und Gewöhnlichste auf der Welt – aber es hat genau zu uns in dieser schrecklichen Zeit gepasst. Zuerst wollten wir nach Cromer, aber Mama erfuhr, dass dies der bevorzugte Zufluchtsort liederlicher Theatermenschen war – es scheint, dass dort ein Gedicht geschrieben wurde, in dem es „Mohnland" heißt, und Mama erkannte sofort, dass es sich dabei um eine Tarnung handeln musste Opiumessen und alle Arten von Ausschweifungen. Also fuhren wir stattdessen nach Clacton. Was ich aber sagen wollte, ist Folgendes: Ich habe in diesen sechs Monaten viel nachgedacht. Ich behaupte nicht, dass ich klüger bin, als ich es war, denn im Übrigen bin ich mir der Dinge viel weniger sicher als zuvor. Aber ich war damals einfach ein leerer, zufriedener Idiot. Jetzt ist es insofern anders, als ich alle möglichen Fragen und Probleme aufgewühlt habe, die um mich herum schwirren und bellen, und ich kenne die Antworten darauf nicht, und ich komme nicht aus ihnen heraus, und sie sind treibend mich aus meinem Kopf – und da bist du. Darüber wollte ich mit Ihnen sprechen."

Ich bewegte meine Füße auf dem Kotflügel und nickte mit der vernünftigsten Miene, die ich aufbringen konnte.

„Deshalb habe ich gesagt, dass du so tun musst, als wärst du sehr alt – ein ziemlich väterlicher Mensch, der in der Lage ist, einem Mädchen Ratschläge zu geben – mitfühlende Ratschläge. Erstens – natürlich wissen Sie, dass die Verlobung mit diesem Hon. Knobbeleigh Jones war schon seit Ewigkeiten weg. Unterbrich mich nicht! Es lohnt sich nicht, darüber zu sprechen, bis auf einen Punkt. Sein Vater, Lord Skillyduff , war der Hauptschurke in der Gruppe, die Papa seines Geldes beraubte. Da sie das Grundy- Geld hatten , hatten sie keine Verwendung für das Grundy-Mädchen. Nun rechtfertigte er seine Schurkerei damit, dass er für *seine Töchter* sorgen müsse , und alle sagten, er sei ein guter Vater. Papa geht durch eine andere Öffnung wieder hinein und holt nach langem Kampf ein neues Vermögen hervor, das er jemand anderem weggenommen hat – und ich hörte, wie er Mama sagte, dass er es um *seiner* Töchter willen tat. Die Leute werden sagen, *er* sei ein guter Vater – das weiß *ich* ."

„Niemand ist besser auf dieser Welt", stimmte ich herzlich zu.

„Nun, sehen Sie denn nicht", fuhr Ermyntrude fort, „das stellt Töchter in den Schatten eines zweifelhaften Segens." Papas ganze Sorge und sein Kampf galten uns – *mir* . Ich war die Last auf seinem Rücken. Ich mag es nicht, eine Last zu sein. Während wir wohlhabend waren, gab es für mich nur einen Weg, darunter zu kommen – und zwar durch eine Heirat. Als wir arm wurden, gab es eine andere Möglichkeit: Ich sollte meinen Lebensunterhalt selbst verdienen. Aber dieser Papa wollte nicht zuhören. Er fluchte ziemlich darüber – schwor, dass er lieber seine Finger bis auf die Knochen abarbeiten würde; Tue lieber etwas, egal was es war oder was die Leute dafür von ihm dachten, als dass eine seiner Töchter auf sich selbst aufpassen sollte. Er würde sich als beschämt betrachten, sagte er. Ich fürchte, unsere Unterkünfte in Clacton waren nicht besonders förderlich für gute Laune; denn ich sagte ihm, dass die wirkliche Schande darin bestünde, mich untätig zu halten, um sie an einen anderen Knobbeleigh Jones zu verkaufen, oder mich einem besseren jungen Mann anzuvertrauen, der sich dazu verpflichten würde, sein ganzes Leben lang für mich zu arbeiten, und dann etwas zu finden dass ich um den Preis einer vierzehntägigen Arbeit lieb gewesen wäre – und dann weinte Mama. – und Papa, er fluchte noch mehr – und – und –"

Ich schürte hier das Feuer und errötete dann, als mir wieder klar wurde, dass es sich um Asbest handelte, um das es ging. "Wie dumm von mir!" Rief ich aus und murmelte etwas darüber, dass ich so lange ein Fremder in Fernbank gewesen sei.

Ermyntrude nahm keine Notiz davon. „Ich habe vorgetäuscht , zu einem Besuch nach London zu fahren", fuhr sie fort, „und ich verbrachte fünf Tage damit, mich umzusehen, Nachforschungen anzustellen und zu versuchen, eine Vorstellung davon zu bekommen, wie Mädchen, die ihren Lebensunterhalt bestritten, einen Anfang machten." Ich unterhielt mich ein wenig mit den wenigen Mädchen, von denen ich wusste, dass sie in der Stadt waren, und es war mir wichtig, sie zu sehen – natürlich vorsichtig. Sie hatten keine Ahnung – außer der Gouvernante oder dem Musiklehrer. Ich würde mir die Kehle durchschneiden, bevor ich einer von ihnen wäre – gezwungen, mich wie Damen zu kleiden, die vom Lohn einer Näherin bezahlt werden, und unter den Beleidigungen der Handwerkerfrauen und ihrer Kinderlümperei zu lächeln. Eine Schauspielerin könnte ich werden, nachdem ich lange gehungert hatte, mein Handwerk zu erlernen – aber vorher wäre meine Mutter vor Scham gestorben. Dann gibt es noch Schreibmaschinen, Journalistinnen und Telegraphenangestellte – ich bin manchmal missmutig genug, um Letzteres perfekt zu machen –, aber sie alle müssen über besondere Talente oder Kenntnisse verfügen. Was die Verkäuferinnen in den Läden betrifft – draußen stehen ein Dutzend arme, vornehme Kerle, die bereit sind, sich gegenseitig für jede freie Stelle die Augen auszukratzen. Ich ging mittags über die Euston Road und sah zu, wie die Arbeiterinnen aus den Fabriken und Werkstätten kamen, und sie hatten so scharfsinnige, wissende, schikanierende Gesichter, dass ich wusste, dass ich unter ihnen ein hilfloser Idiot sein sollte. Und als ich sie beobachtete – und die anderen Mädchen auf der Straße beobachtete ... im Strand und Piccadilly – ich sagte dir, ich würde ernsthaft reden, mein lieber Freund – kam es mir alles wie ein Albtraum vor. Es hat mir Angst gemacht. Das waren die Mädchen, deren Väter es versäumt hatten, für sie zu sorgen – das war der entscheidende Unterschied zwischen ihnen und mir. Ich hatte träge auf die Heirat als Chance herabgesehen, der Langeweile hier in Fernbank zu entgehen. Sie alle betrachteten die Ehe als die einzige Chance, sich vor ermüdender Arbeit, Hungerlöhnen, allgemeiner Armut und Elend zu retten. In beiden Fällen war die Idee dieselbe: einen Mann zu finden, egal was für ein Mann, wenn er es nur auf sich nimmt, etwas anderes zu bieten. Sie sehen, was für arme, abhängige Wesen wir wirklich sind! Warum sollte es so sein? Das ist es, was ich wissen möchte.“

„Oh, das ist alles, was du wissen willst, oder?“ bemerkte ich nach einer kleinen Pause. „Nun, ich denke – ich denke, Sie sollten mich besser über die Frage informieren.“

„Ich habe versucht zu lesen, was Denker dazu sagen“, fügte sie hinzu; „aber sie verwirren nur noch mehr. Es gibt einen Dr. Wallace, den die Zeitungen als Autorität bezeichnen, und er hat diese Woche einen langen Artikel geschrieben – oder es ist ein Interview – und er sagt, dass alles gut werden wird, dass alle netten Frauen heiraten werden alle guten Männer, und dass die anderen Arten sofort aussterben werden und alle so glücklich sein werden – in einer „erneuerten Gesellschaft“. Das ist eine weitere Sache, die ich Sie fragen wollte. Er spricht – sie alle sprechen – so selbstbewusst über diese „erneuerte Gesellschaft“. Weißt du zufällig, wann es sein wird?“

„Das Datum steht, glaube ich, noch nicht fest“, antwortete ich.

Die frühe Winterdämmerung hatte den Raum verdunkelt, und das Licht des Kamins leuchtete rötlich auf dem Gesicht des Mädchens, als sie sich vorbeugte, das Kinn auf die gefalteten Hände gestützt, und ins Feuer blickte.

„Es gibt noch ein weiteres Datum, das noch unbestimmt ist", fügte ich hinzu, nicht wenig im Herzen stockend, aber meine Zunge einigermaßen unter Kontrolle haltend. „Ich würde gerne mit Ihnen darüber sprechen, wenn ich meine Lammwollperücke und den Weihnachtsmannbart abnehmen und noch einmal als zeitgenössischer Bürger vor Ihnen auftreten dürfte. Das ist es, Ermie. Ich bin schließlich noch nicht so alt. Zwischen uns liegt nur ein Schatten von mehr als einem Dutzend Jahren – sagen wir mal ein Dutzend Bäckerjahre. Meine Gewohnheiten – meine persönlichen Qualitäten, ob erträglich oder anders – sind Ihnen mehr oder weniger bekannt. Was die Güter dieser Welt angeht, bin ich wohlhabend genug. Aber ich habe es satt zu leben –"

Ich blieb abrupt stehen und starrte der Reihe nach ausdruckslos auf die Scheinkohlen. Ein eiskalter Gedanke hatte sich gerade in mein Gehirn eingedrungen. Sie würde denken, dass ich das alles sagte, weil ihr Vater sein Vermögen wiedererlangt und vergrößert hatte. Wie benommen und verwirrt versuchte ich, noch einmal nachzuvollziehen, was ich gerade geäußert hatte – um zu sehen, ob die Worte eine Chance boten, auf anderem Weg weiterzukommen –, konnte mich aber überhaupt nicht erinnern.

„Müde vom Leben", hörte ich Ermyntrude widerhallen. Ich sah, wie sie im Feuerschein verständnisvoll mit dem Kopf nickte. Sie seufzte.

„Ja, außer unter Bedingungen", platzte ich heraus. „Ich habe es satt, alleine zu leben. Seit Jahren gab es keinen Zeitpunkt, an dem ich Ihnen das nicht unbedingt sagen wollte – und das am allermeisten in Clacton, wenn ich gewusst hätte, dass Sie in Clacton sind. Sie haben selbst zugegeben, dass *niemand* wusste, dass Sie dort waren." Die Worte kamen jetzt leichter. „Aber immer davor schreckte ich vor dem Sprechen zurück. Etwas an dir war zu kindlich, zu unschuldig, auch – zu …"

„Zu albern", meinte Ermie mit der umgänglichen Wirkung, mir zu helfen.

Dann entriegelte sie ihre Finger und streckte, immer noch ins Feuer schauend, eine Hand nach hinten zu mir aus. „Trotzdem", murmelte sie nach einer Weile, „es ist keine Antwort auf meine Frage, wissen Sie."

„Aber es gehört mir!" Ich gab eine frohe Antwort: „Und in meine Frage sind alle anderen eingebunden – war es schon immer und wird es immer sein. Und, oh Liebling –"

„Das ist Mama im Flur", sagte Ermyntrude.

Beschreibung von Eindrücken eines bedeutsamen Interviews, lose gesammelt von jemandem, der zwar anwesend, aber nicht ganz dabei war

Frau Albert hat sich über mein Angebot, ihr Schwiegersohn zu werden, gefreut .

Das Lächeln kam jedoch nicht gleich zu Beginn spontan zum Vorschein. Als sich die Gelegenheit bot, unsere großartigen Neuigkeiten zu überbringen, befanden wir uns drei im Salon, und Frau Albert, die gerade eingetreten war, hatte mich entdecken dürfen, wie ich Ermyntrudes passive Hand in meiner hielt. Sie warf einen kurzen Blick auf uns beide und schien nicht zu gefallen, was sie sah. Ich hatte sofort den Eindruck, dass es Ermyntrude auch nicht besonders gefiel. Plötzlich erfasste mich ein Effekt tiefer Isolation, absurd genug, aber deprimierend real. Ich fing an, etwas zu sagen – die Worte kamen heraus und zerstreuten sich ganz von alleine – und der Kern dessen, was sie mich sagen ließen, klang in meinen Ohren, als wäre es ein entschlossener Feind, der es sagte. Warum sollte ich von meinem Alter sprechen? Und die Tatsache, dass ich Ermie als Kind auf meinem Knie gehalten hatte, und sogar mein Rheuma? Und habe ich sie tatsächlich erwähnt? Oder höre ich nur die lärmenden Echos des Gewissens in meiner schuldigen Seele, während meine Zunge andere Dinge aussprach? Ich weiß es nicht, und die Angst, dass Ermie zugeben würde, dass sie wirklich nicht aufgepasst hat, hat mich seitdem davon abgehalten, sie zu fragen.

Aber Frau Albert achtete darauf. Während meines ungeschickten Monologs hielt sie mich mit einem kühlen und unbeweglichen Blick fest, und sie behielt diesen festen Blick noch eine Zeit lang bei, als ich fertig war. Sie bewegte die kleine, wohlgeformte Kopfbedeckung aus schwarzem Samt und Vogelflügeln, die sie von der Straße her getragen hatte, nur um den Bruchteil eines Zentimeters nach vorne, um zu zeigen, dass sie verstand, was ich gesagt hatte – und auch sehr viel, was ich hatte Ungesagt bleiben.

"Hmm!" bemerkte die gute Dame schließlich. "Ich verstehe!"

„Nun, Mama, nachdem ich gesehen habe", drehte sich Ermyntrude träge auf ihrem Stuhl um, um zu beobachten, hob die Hand, die immer noch in meiner ruhte, in volle und sichtbare Sicht und zog sie dann abrupt zurück – „ nachdem sie gesehen und gesehen wurde, gibt es wirklich nichts mehr." zu tun, gibt es?"

„Sie ist sehr jung", sagte die Mutter in einer zögernden, nachdenklichen Art, die den Gedanken nahelegte, dass ich dagegen ganz anders war.

Ermyntrude schniefte hörbar und stand auf. „Ich bin dreiundzwanzig", sagte sie, „und das reicht, danke." Da war etwas drin, was ich nicht verstand. Das Gefühl, fehl am Platz zu sein, wie in der Anprobekammer einer Schneiderei, bedrückte mich. Das Geschlecht führte verschiedene Manöver und Gegenmärsche durch , die ihm eigen waren – so viel konnte ich an der Art erkennen, wie die beiden mit ihren Augen sprachen –, aber worum es dabei ging, war mir ein Rätsel. Schließlich neigte die Mutter den Kopf zur Seite und schürzte die Lippen. Ermyntrude richtete sich zu ihrer vollen Statur auf, hob für einen Moment das Kinn wie eine von Albert Moores großartigen Vollkehlgöttinnen und entspannte sich dann mit diesem halb heiteren Seufzer, den wir in Schriften mit „ heigho !" ausdrücken. Mir war sofort klar, dass sich die Situation entspannt hatte – aber wie oder warum, kann ich nicht erraten. Onkel Dudley, dem ich später erzählte, was ich beobachtet hatte, war voller Theorien, aber wenn ich darüber nachdenke, beeindrucken sie mich nicht, geschweige denn überzeugen sie mich. Hier ist im Wesentlichen eines der mehreren hypothetischen Gespräche, die er so skizzierte, dass sie in diesem Moment der nachdenklichen und überladenen Stille stattfanden:

Mutter [*senkt die Brauen*]. Sie können sicher sein, dass es bestenfalls Bayswater sein wird.

Tochter [*mit zitternden Nasenlöchern*]. Das ist besser, als an einer Belgravia festzuhalten, die nie kommt.

Mutter [*zeigt die Spitzen zweier Zähne*]. Es ist eine Chance, dass ein Titel für immer Bestand hat.

Tochter [*Lippenkräuselung*]. Welche Chance ist *hier jemals wahrscheinlich?*

Mutter [*hebt die Augenbrauen*]. Er ist so alt wie Methusaleh!"

Tochter [*blitzende Augen*]. Das ist meine Sache!

Mutter [*kleines Zittern der Wimpern*]. Du wirst nie erfahren, wie ich für dich gekämpft und gekämpft habe!

Tochter [*Glättungsfunktionen*]. Nur der angeborene mütterliche Instinkt, meine Liebe, der allen Säugetieren gemeinsam ist .

Mutter [*beginnt, den Kopf zur Seite zu neigen*]. Es stimmt, dass Tristram fügsam, schafsartig, einfach ist –

Tochter [*hebt ihr Kinn*]. Und alt genug, um sein Leben lang an meine Füße gefesselt zu sein.

Mutter [*dreht den Kopf weit zur Seite*]. Und er war immer äußerst herzlich zu *mir* ——

Tochter [*Kinn hoch in die Luft*]. Und seit *Jahren* hat kein anderes Mädchen in meiner Gruppe einen Heiratsantrag gemacht .

Mutter [*aufhellendes Auge*]. Wir werden pünktlich zum Januar-Ausverkauf sein, um alles einzukaufen!

[Mutter *lächelt;* Tochter *seufzt erleichtert. Die Fantasie beider wandert angenehm zu Visionen von sublimierten Weihnachtseinkäufen in Verbindung mit Aussteuer und Verlobungsgeschenken. Allgemeine Freude.*]

Wie gesagt, das ist Onkel Dudleys Idee, nicht meine. Meine eigene Fantasie zieht es vor, einen zärtlicheren Dialog heraufzubeschwören, in dem die Mutter, voller zärtlicher Fürsorge, das Mädchen auffordert, ihr Herz gut zu erforschen und nur auf seinen wahren Ruf zu antworten, und die süße Tochter, schüchtern, flatternd, halb verängstigt und ganz froh Aus der Tiefe ihrer Seele blitzt die gespannte Gewissheit ihres Schicksals auf. Aber Dudley hatte mit dem Ende sicherlich Recht, wie die ersten Worte von Frau Albert zeigen.

„Dann vergessen Sie nicht, mich an die Geschenke für die Gregory-Kinder zu erinnern", sagte sie plötzlich und flüsterte Ermyntrude rasch von der Seite zu. Dann drehte sie sich um, und als ich wehmütig in ihr Gesicht blickte, verschmolz es nach und nach ruhig und anmutig zu dem Lächeln, das ich suchte.

„Mein lieber Tristram", begann sie und ihre Stimme nahm ein Gurren echter Freundlichkeit und Wärme an, als sie fortfuhr, „natürlich hatten Albert und ich andere Ansichten – und das liebe Mädchen ist perfekt geeignet, die erhabensten und erhabensten zu schmücken." Exklusive Kreise – wenn ich es selbst sagen darf – aber – aber ihr Glück ist unser einziger Wunsch, und wenn sie das Gefühl hat, dass es immer mehr wird – *würde ich* sagen, wenn Sie und sie ganz klar im Kopf sind – und wir beide das haben größtes Vertrauen in Ihren praktischen gesunden Menschenverstand und Ihre *Ehre* – und wir alle haben gelernt, Sie zu mögen – und – und ich bin wirklich sehr froh!"

„Am allermeisten auf der Welt, liebe Dame, habe ich darauf gehofft", hatte ich voller Inbrunst zu sagen begonnen . Ich hielt inne, als ich feststellte, dass Frau Albert nicht zuhörte, sondern sich umgedreht hatte und halbhörbar mit ihrer Tochter sprach.

„Gnade, nein!" sagte die Mutter. „Sie würden sofort wissen, dass es ein Geschenk für uns war. Diese alte Mrs. Gregory ist ein perfekter *Luchs* , um solche Dinge aufzuspüren. Ich nehme an, ihre Jungs sind zu groß für Dreiräder, sonst kennt dein Vater einen Händler, der …"

Mein eigener Ermie sah nachdenklich aus. „Es wird Ihnen doch nicht seltsam vorkommen, wenn wir ohne Provokation mit solchen Weihnachtsgeschenken über sie herfallen?" Sie fragte.

„Mein liebes Kind, ob seltsam oder nicht seltsam", sagte Frau Albert, „es ist zwingend erforderlich." Sie wissen, wie viel davon abhängt – es gibt viele andere, die auf verschiedene Weise gleichermaßen nützlich wären, aber nicht wie die *Gregorys* – und wenn es welche gäbe, wäre jetzt keine Zeit. Wenn das jetzt, vor zwei Wochen oder sogar letzte Woche hätte passieren können …"

„Ja, aber das war nicht der Fall", antwortete Ermyntrude. „Es ist erst heute passiert." Sie drehte sich zu mir um, mit einem kleinen Lachen in den Augen. „Mama beschwert sich, dass wir so lange gezögert haben. Wir haben uns in die Weihnachtsvorbereitungen eingemischt."

„Wenn ich es nur gewusst hätte! Aber – ich behaupte, dass ich wie ein Familienmitglied behandelt werde, wissen Sie – ich konnte nicht ganz verstehen, was Sie über die Gregorys gesagt haben. Ich gehe davon aus, dass unsere Verlobung Weihnachtsgeschenke für sie beinhaltet, aber ich muss zugeben, dass ich nicht weiß, warum. Oder hätte ich nicht fragen sollen, Liebes?"

Als Antwort sah Ermyntrude mir frech ins Gesicht, verzog ihre liebe Nase zu einer hübschen kleinen spöttischen Grimasse und rannte aus dem Zimmer. Frau Albert gab keine Erklärung ab, sondern sprach über andere Dinge – und es gab genug Gesprächsstoff.

Tatsächlich fiel mir erst am späten Abend, als Onkel Dudley und ich unsere letzte Zigarre rauchten, der mysteriöse Vorfall mit den Gregorys ein.

„Das ist Einfachheit", sagte Onkel Dudley. „Die Gregorys besitzen einen der gepflegtesten Landsitze in Nottinghamshire – hübsches altes Haus, Waldlauben , hohe Mauer, faszinierende Landstraßen – und außerdem mitten im Herzen der Kreisgesellschaft – oh, ein äußerst romantischer und eleganter Ort!"

„Na, was ist damit? Was hat das mit Ermyntrude und mir und dem Weihnachtsmann zu tun?"

Morning Post lesen , mein lieber, langweiliger Freund, werden Sie erfahren, dass Colonel Gregory einem bestimmten Brautpaar für seine Flitterwochen seinen idealen Landsitz zur Verfügung gestellt hat. In der Zeitung wird nicht angegeben, warum, aber ich werde es Ihnen vertraulich sagen. Das liegt daran, dass die Mutter der Braut eine einfallsreiche und aufmerksame Frau ist, die weiß, wie man zu Weihnachten pflanzt, damit sie zu Ostern ernten kann."

„Ich hasse es, dass du immer so abscheulich zynisch bist, Dudley", fühlte ich mich ermutigt auszurufen.

Onkel Dudley musterte mich einen Moment lang aufmerksam. Er nahm nachdenklich einen Schluck von seinem Getränk und begann dann, sein Glas anzulächeln. Als er sich wieder zu mir umdrehte, war aus dem Lächeln ein Grinsen geworden.

„Du bist zu spät, mein Junge", sagte er. „Du hättest schon vor Jahren in die Grundys einheiraten sollen . Du wurdest einfach als Teil dieser Familie geboren."